JEU CRUEL

DE LA MÊME AUTEURE

Finir prof, Robert Laffont, 2023
Ça va mieux, ton père ?, Stock, 2018
Sous le charme du fait divers, Stock, 2016
Jules Ferry et l'enfant sauvage, Flammarion, 2014
Collège brutal, Flammarion, 2012
Femmes à rénover (avec Sophie Giagnoni), Flammarion, 2011
Formules enrichies : les mots et les choses d'aujourd'hui, Flammarion, 2010
Tombeau pour le collège, Flammarion, 2008
Le Féminisme, Plon, 2007
Les Souffrances d'une jeune trentenaire, Fayard, 2005
Collèges de France, Fayard, 2003

Mara Goyet

Jeu cruel

Robert Laffont

ISBN : 978-2-221-27734-8
Dépôt légal : septembre 2024
Éditions Robert Laffont – 92, avenue de France, 75013 Paris
serviceclients@lisez.com

« Elle était prise pour confidente par des passions sur lesquelles elle fixait le même regard ébahi qu'elle aurait pu avoir pour des images se poursuivant sur un mur à travers une lanterne magique. Son petit univers était une fantasmagorie : des ombres étranges dansant sur un drap. On eût dit que le spectacle se donnait pour elle : petite enfant de rien du tout un peu intimidée dans ce grand théâtre obscur. Bref, l'expérience de la vie lui était prodiguée avec une largesse à laquelle l'égoïsme des autres trouvait son compte, et seule l'innocence de sa jeunesse pouvait détourner le danger. »

Henry James, *Ce que savait Maisie*

« J'aimerais qu'il reste dans le souvenir de Mara un film de vacances[1]. »

« Cela n'a pas été facile pour elle, la comédie est cruelle et les crises de larmes ne sont jamais feintes. Un film n'est jamais un simple divertissement, du moins pas les miens[2]. »

Jacques Doillon

Même s'il n'y a pas de crime, je me demande qui l'a commis. Même s'il n'y a pas eu mort d'homme, il y a eu chez une enfant, moi, un bon paquet de souffrance et de solitude. Même si je ne me considère pas comme une victime, je pense avoir été victime de quelque chose. Même s'il y avait, sur le tournage, des dialogues ciselés, un dictionnaire, une obsession du langage, personne n'a pensé à prononcer les mots qui étaient importants. Ceux qui m'auraient expliqué de quoi il était question ; ceux qui m'auraient consolée. Même s'il y avait des pères – un réel, un symbolique, un fictif –, il n'y avait plus vraiment le mien. Du moins, tel que je le connaissais et l'espérais.

Le tournage de *La Vie de famille*, de Jacques Doillon, s'est déroulé durant l'été 1984. Il y a quarante ans. J'avais dix ans. Dans ce film, je tenais l'un des deux rôles principaux. Depuis, j'y ai rarement repensé, bien que ce moment de mon existence ne me quitte jamais. Le terme « traumatisme » me paraît très excessif, trop fort. Quoique… Mes proches me disent que j'en parle extrêmement souvent ; je ne m'en rends pas compte.

Je n'ai pas l'impression, aujourd'hui, d'avoir vécu quelque chose d'horrible, de blâmable. Et pourtant, je sens bien que l'immense anxiété que je subis depuis des décennies, qui me rend malade et m'épuise, a des liens directs, mais pas uniquement, avec ce moment de mon enfance.

Cette angoisse est d'autant plus diffuse et obscure que je peine à la comprendre. Elle semble sans objet précis. C'est devenu une forme d'enquête comique : un jour j'estime avoir un syndrome japonais rare, l'autre être folle, HPI ou obsédée par la Shoah. Parfois je pense que tout est lié à la fatigue, que l'air de mon appartement est saturé de CO_2, que je ne supporte plus Paris. Le reste du temps, et même presque tout le temps, je suis de bonne humeur, joyeuse. Mais l'angoisse est là, tapie. Et quand je l'examine avec exaspération et découragement, *La Vie de famille* finit toujours par pointer son nez.

Tout ce qui concerne le tournage de ce film est parfaitement net dans mes souvenirs. Mais aussi, par ailleurs, fuligineux, caligineux et douloureux tant on m'a, alors, maintenue dans l'ignorance, tant on m'a laissée croire que j'étais en proie à des délires, tant, pendant plus d'un mois d'été, je me suis fait engueuler. Sans cesse. Si mon sort n'a, en apparence, rien à voir avec celui de jeunes actrices agressées sexuellement, si je n'ai pas été violée, j'ai été, en tout cas, psychiquement abusée. C'est en cela que mon récit est à la fois tout à fait différent de celui des femmes qui ont été livrées à des prédateurs, corps et âme, mais aussi assez proche. J'ai été jetée, délibérément, dans un océan de confusion ; à grand renfort de culpabilisation, on m'a maintenue dans la houle ; toute l'énergie que j'ai déployée à tenter de m'en sortir a été récupérée, transformée et utilisée.

Enfin, j'ai reçu bien des compliments et des louanges à l'époque. Pouvais-je me montrer, à onze ans, douze ans, vingt ans, trente ans, ingrate ? À cinquante ans, je comprends enfin qu'on ne m'a pas fait l'aumône d'un rôle dans un film tourné par un réalisateur prestigieux. Je n'ai pas à dire « merci et désolée encore pour le dérangement, je n'étais pas faite pour ça ». Je ne veux pas dénoncer ni accuser, je veux raconter. De mon point de vue. Celui d'une petite fille de dix ans.

C'est tout d'abord le chiffre rond, celui des quarante ans (1984-2024), qui m'a donné envie de me replonger dans cette histoire. Mais surtout le souhait de comprendre cette anxiété tenace que je traîne depuis si longtemps. L'actualité (les accusations portées contre Jacques Doillon) a un peu tout bousculé. Dois-je me taire, par décence et scrupule, afin de laisser la parole aux « vraies » victimes ? Mais que faire, alors, des continuités entre ces histoires ? Pour bien des gens avec qui j'en discute, elles sont clairement liées. De mon point de vue, c'est plus compliqué. Là est la nécessité du livre : expliciter pour moi comme pour le lecteur ce que j'ai vécu. C'est une expérience particulière, mais néanmoins pas tout à fait isolée.

Cette affaire me paraît dépasser le cadre de mon aventure et mésaventure personnelle (j'avais écrit « désaventure » avant que le correcteur orthographique ne s'en mêle). Il y a dans tout cela tant de thèmes enchevêtrés : le cinéma, les relations père-fille, l'époque, le sort des petites filles, les fins et les moyens de l'Art, les accusations récentes contre des metteurs en scène, les enfants que l'on exploite, les jeux poreux de la fiction et du réel, la question de la juste distance ou celle de l'amour que l'on peut éprouver pour l'École, considérée comme l'ultime planche de salut, etc.

C'est pourquoi je ressens le besoin d'enquêter. Pour comprendre ce qui s'est réellement joué lors de ce tournage, ce que j'ai vécu de si oppressant. Pour saisir de potentielles similarités entre mon expérience et ce que d'autres ont vécu. Pour étudier, aussi, la manière dont des adultes qui se revendiquent attentifs, passionnés par le monde de l'enfance, peuvent dans le même temps la piétiner.

Pour ce faire, je vais me replonger dans mes souvenirs, les textes, le scénario, les critiques et les archives. Ainsi que dans le film. J'ai tout sous la main.

Quand les gens (re)voient *La Vie de famille* aujourd'hui, ils sont atterrés. Ils m'en parlent avec une douceur inédite, une empathie étrange. Je suis plutôt quelqu'un de fort, du moins c'est ainsi que l'on me perçoit. Que l'on me plaigne ou que l'on soit plein de sollicitude me trouble. Parfois, je me fais l'impression du mec qui arrive au boulot tout joyeux et lance un tonitruant « salut » quand tout le monde, sauf lui, sait qu'il va être licencié dans la journée. On imagine le même sketch avec un type qui entre, primesautier, dans le cabinet d'un oncologue à la mine grave.

Je suis enseignante. L'une de mes préoccupations avec les élèves, c'est de les alerter sur les dérives de la victimisation : être victime de racisme, c'est grave. L'insulte xénophobe est punie par la loi.

On ne joue donc pas trop avec ça. On ne voit pas du racisme là où il n'y en a pas. On ne crie pas au loup, on n'en rajoute pas. On est juste. Toujours. L'injustice, le manque de justesse minent tout. Y compris la justice.

Des enfants victimes, j'en connais beaucoup. En près de trente ans d'enseignement, j'ai croisé des centaines d'élèves dont la vie est à vous fendre le cœur. Plus proche de moi, j'ai vu ça aussi. Quand je repense à la petite fille que j'étais, à la femme que je suis, j'ai du mal à voir le rapport. J'ai certes des angoisses assez ancrées, mais la médecine et la thérapie font effet.

Est-on seulement victime si l'on ne se perçoit pas ainsi ? Faut-il aussi apprendre à le devenir ? Est-ce un parcours du combattant contre soi-même ? Mais dans quel but ? Se livrer à la dénonciation, au ressentiment ? Hurler avec mes copines les louves quand je ne me sens qu'un petit louveteau ? Est-ce le moment ?

On m'a recommandé d'attendre que la tempête des premiers mois de 2024, celle des accusations contre Jacques Doillon, passe ; que la presse se calme ; que chacun puisse répondre. J'aurais plutôt tendance à avoir, moi-même, ce type de scrupule, cette forme de tact. Puis je me sermonne : encore une fois, tu vas ménager ceux qui ne t'ont pas ménagée quand tu étais enfant. Encore une fois, tu vas te laisser imposer le moment et le cadre. Tu vas te taire parce que ça dessert, alors qu'on t'a beaucoup encouragée à parler quand ça pouvait servir le film, quand on pillait tes paroles. Je dois reprendre la main. Avec justesse, aussi. Je ne suis pas une femme blessée. Je n'ai rien à dire d'informé sur les accusations portées contre plusieurs metteurs en scène. Je ne suis pas une actrice ressentimentale. Je ne suis pas avide de révélations, d'ailleurs je ne pense pas en faire beaucoup ici. Quatre décennies plus tard, je raconte mon histoire car cela me semble utile. Comme j'en ai raconté d'autres.

J'ai pris mon courage à deux mains et j'ai revu le film. Je suis allée relire le scénario, les interviews, les critiques, le dossier de presse : là, j'ai été accablée. Je me suis sentie salie, maltraitée. Tout était là, sous mes yeux : les difficultés du tournage, ma solitude, l'abandon que j'ai éprouvé, la complaisance des critiques de films des années 1980. Personne ne faisait mystère des problèmes soulevés par ce film ni des douleurs qu'il a pu engendrer mais nul n'a voulu ou su voir à quel point rien n'allait, dans cette affaire, pour une enfant de dix ans. Pour la première fois en quarante ans, après des années de malaise, j'ai retrouvé cette colère immense qui m'animait sur le tournage. J'étais alors le petit dindonneau d'une farce cruelle. Aujourd'hui, j'ai les mots, une vue d'ensemble et assez de force pour être, cette fois-ci, entendue.

L'avantage avec ce film, c'est que rien n'est caché. Il n'y a rien de crapoteux ni de planqué. Mis à part pour l'enfant que j'étais alors. Tout était là, devant tout le monde, à ciel ouvert. Et pourtant, je n'y ai rien compris. Comme bien d'autres.

Je le répète, car il m'est nécessaire de le répéter, je n'ai été ni violée ni abusée. J'ai eu avec chacun, sur le tournage, hormis avec mon père et deux assistants géniaux, des relations distantes. Mais pour me répéter encore (j'en ai absolument besoin pour oser me lancer), impossible de ne pas voir sinon des similitudes, du moins des continuités avec ce qui est aujourd'hui dénoncé par tant d'actrices. Symboliques, sans doute. Psychologiques, évidemment. En tout cas réelles. J'ai été pillée, piratée, dépossédée de moi-même, livrée à un dispositif d'autant plus pernicieux qu'il était l'œuvre du metteur en scène et du scénariste – mon père. Je me suis révoltée à l'époque. Cela non plus, ça n'a pas été entendu mais, au contraire, récupéré. C'était il y a quarante ans.

Qu'ai-je subi pendant le tournage de ce film qui m'a rendue si malheureuse, seule, démunie, qui m'a mise à ce point en colère ? Je reste stupéfaite de l'entreprise à laquelle on m'a fait participer. Je ne dirai pas à laquelle *j'ai* participé : j'avais dix ans.

L'équipe

La Vie de famille, de Jacques Doillon, coécrit avec Jean-François Goyet (mon père), a été tourné à l'été 1984. Il est sorti en salle en février 1985.

Rôles :

- Emmanuel, le père (Sami Frey)
- Élise, sa fille (moi)
- Lili, son ex-femme (Aïna Wallé)
- Mara, sa femme actuelle (Juliet Berto)
- Natacha, quinze ans, la fille de sa femme actuelle (Juliette Binoche)
- La maîtresse du père (Lola, seulement dans le scénario), la « femme au cognac » (Catherine Gandois)
- Une amie d'Élise (Lola Doillon)
- Le petit ami de Natacha (Simon de La Brosse)

L'équipe technique était très réduite. Durant la majeure partie du tournage, il n'y a eu qu'une seule femme, Carole, la seconde assistante. Dans les archives de cette dernière, on retrouve des dessins de moi, des petits mots griffonnés sur des fiches. Nous étions souvent ensemble. Il y avait aussi Dominique, le premier assistant, que j'adorais et que je vois encore, comme Carole. Les autres, je ne m'en souviens plus vraiment. Le cadreur, un autre Jacques, utilisait un Steadicam (une sorte de porte-caméra kangourou) : c'était assez novateur, je crois. En tout cas, c'était très viril : les mecs faisaient un peu de la fonte et de la gonflette avec. Je trouvais ça surprenant.

Sur le tournage, il y avait mon père, aussi, qui m'accompagnait et écrivait. Et bien sûr, il y avait Jacques Doillon, que je connaissais depuis toujours mais avec qui je n'avais pas beaucoup de liens. Mes parents avaient été assistants monteurs sur quelques-uns de ses premiers films. Ils entretenaient avec Jacques une vieille amitié un peu distendue. Néanmoins, comme sa fille, Lola, était dans la même école élémentaire que moi, nous avions l'occasion de le croiser. Après *La Vie de famille*, mon père serait son scénariste et ma mère sa monteuse pendant des années.

En inspectant le *dramatis personae* de *La Vie de famille*, on découvre immédiatement qu'il y a un jeu délibéré dans le choix des prénoms. Dans la vraie vie :

- Mara, c'est moi
- Lola, c'est la fille de Jacques

• Lili, c'est la mère de Jacques

On pressent déjà dans cette courte présentation le potentiel chaotique de l'affaire, ainsi qu'un certain goût pour la confusion qui ne quittera jamais le projet. Nous y reviendrons.

L'histoire

Le film raconte l'histoire d'un père divorcé et ténébreux qui emmène sa fille en Espagne pour la *reconquérir* et se faire pardonner. Au cours du film, il embrasse, étreint ou moleste sa femme, sa belle-fille et sa fille ; il croise une maîtresse qu'il ne moleste pas. Il y a des crises, des pleurs, des gestes violents. Mais aussi des jeux, de l'imagination, des défis et de la bonne humeur. L'histoire se termine, ou presque, dans la suite d'un palace madrilène, où se tient la scène dite « du procès », le père et la fille étant à la fois plaignants et accusés. C'est la grande explication. Tout cela n'empêche pas *La Vie de famille* d'être une œuvre plutôt joyeuse ; par moments, c'est un *road movie* en décapotable, à l'occasion espiègle et ludique. Plein de beaux paysages provençaux et espagnols, aussi.

Le malaise

Avant même de s'attarder sur le tournage du film, que je m'apprête à raconter avec la plus grande précision possible, par petites touches (chaque dose d'arsenic aggravant la précédente), avant même de se pencher sur l'œuvre finale telle qu'elle est visible aujourd'hui, on peut déjà percevoir ce qui était à même de susciter un violent malaise chez un enfant.

Un scénario dont le moteur est la confusion et l'ambiguïté : un homme, cinq femmes (sa fille, sa belle-fille, son ex-femme, sa femme, sa maîtresse). L'enfant n'a pas droit à un traitement à part : on la voit, comme les autres, dans un lit, torse nu, en larmes, en colère, livrée à des discussions à n'en plus finir sur la juste distance entre les êtres. Cette confusion sexuelle, psychologique, est omniprésente. Elle est renforcée par une inversion des âges : la fille materne son père, le rassure, doit l'apaiser par un éventuel pardon. Ce chaos (pour une enfant de dix ans, du moins) est démultiplié par le choix des scénaristes de donner le prénom de la jeune actrice à la femme du père (une femme qu'il trompe, dont il agresse sexuellement la fille, qu'il malmène et fait pleurer).

Ce malaise a été considérablement aggravé par le refus du scénariste comme du metteur en scène de livrer à la petite fille que j'étais la moindre explication sur ce qui était en jeu. C'était un refus net, délibéré et revendiqué.

Dans *Ce que savait Maisie*, Henry James écrivait que, pour sa jeune héroïne, « la vie était un corridor interminable avec des rangées de portes fermées. On lui avait enseigné qu'il n'était pas prudent de frapper à ces portes ; et ce geste n'obtenait d'ailleurs d'autre réponse que des rires moqueurs à l'intérieur ».

De la même manière, que je ne comprenne rien faisait donc partie du protocole. Ne rien piger à un film de Christopher Nolan, c'est une chose ; c'en est une autre bien plus douloureuse et traumatisante que d'être perdue dans une histoire dont on est l'un des personnages, une histoire que l'on ressent, du haut de son jeune âge, comme dégoûtante, malsaine et dangereuse.

Ajoutons que l'un des deux scénaristes était mon père : le coauteur de mon existence comme du scénario. D'où un trouble en ce qui concernait l'autorité – celle de l'auteur de mes jours et des dialogues. Comment se révolter contre l'un sans affronter l'autre ? Comment demander de l'aide au père quand le scénariste vous malmène ? Qui trahit, qui vous lâche ? Les deux ? Vers qui se tourner quand sa mère n'est pas là, qu'il n'y a qu'une seule femme pendant l'essentiel du tournage ? Bref, quand aucun adulte, ou presque, ne vous entendra pleurer ou résister, que faire, seule, à dix ans, pour s'en sortir ?

Craquer, exploser, quitter une scène parce qu'on n'y arrive plus et que l'on ne sait pas pourquoi. Se croire responsable des ambiguïtés sexuelles, psychologiques, qui sont au cœur du film. Se considérer comme déviante, folle, obsédée. Ne pas pouvoir en parler. Être dans l'incapacité de le formuler, de le dire ou de le confier. Accepter de passer pour une enfant capricieuse à qui l'on a offert un rôle et qui casse son beau cadeau, fait perdre de l'argent à la production et du temps à l'équipe. Et culpabiliser. Longtemps, longtemps, si longtemps. Grâce aux piqûres de rappel de mon père et à l'immédiate indifférence de Jacques Doillon après le tournage. Mauvaise petite fille.

Mais comment pourrais-je encore en vouloir à une petite fille de dix ans immergée dans un dispositif pervers ? Comment a-t-on pu la laisser s'enfoncer, progressivement, dans un tel désarroi ? C'est ce que je souhaite décrire dans les pages qui suivent. Si, sur le papier, dans les pages du scénario, dans le dispositif même, il y a déjà quelque chose d'extrêmement violent pour une enfant, tout, sur le tournage, s'est déroulé de manière continue, progressive et souvent en demi-teinte. Les critiques louangeuses que j'ai reçues ensuite, à la sortie du film, ont comme balayé le sol, enjolivé l'histoire, laissé croire à une issue heureuse (« ça valait le coup »). J'ai moi-même répété ce beau dénouement, ce conte édifiant, à l'envi : c'était une expérience incroyable mais, malheureusement, je n'étais pas faite pour ça.

Précautions d'usage

Dans les pages qui suivent, je dis « Jacques » ou « Sami ». C'est ainsi que je les appelais à l'époque. Je les nomme toujours ainsi, même si je n'ai pas vu Sami depuis près de quarante ans et Jacques depuis vingt ans. Je ne les appelle donc plus.

Ce n'est pas de la connivence, c'est de la fidélité aux relations qui nous unissaient. Non qu'elles aient été alors fortes ou solides, loin de là. Elles sont aujourd'hui aussi inexistantes qu'anciennes. Jacques, depuis ma naissance, a toujours été plus ou moins dans les parages. Dire « Jacques Doillon » supposerait de ma part une forme délibérée de mise à distance ; cela signifierait qu'il est un « étranger ». Comme si nous étions au tribunal. Le désigner ainsi me donnerait l'impression qu'il est Guy Georges, que je n'ai rien à voir avec lui. Ce qui n'est pas tout à fait faux dorénavant : je n'éprouve pour lui aucune amitié. Mais ça n'a pas été le cas pendant des années. Et longtemps j'ai pensé, à tort, qu'avoir fait ce film avait noué entre nous une sorte de complicité, même si le tournage avait été difficile. Je trouverais donc complètement artificiel, voire lâche, de faire comme si je ne l'avais pas connu et, pendant des décennies, croisé à diverses occasions quand mes parents travaillaient avec lui.

Préciser son patronyme pour ajouter une distance, ce serait aussi tenter de me sauver : j'ai du mal à croire qu'on me soupçonne d'être complice de quoi que ce soit, à l'âge que j'avais. Je ne ressens pas le besoin de me désolidariser, car il n'y a pas eu de solidarité. Écrire « Jacques », ce n'est pas de la loyauté vis-à-vis de lui, mais un souci de justesse.

Car juste, il va falloir l'être. Surtout quand il est question de justice pour d'autres que moi. Il s'agit de n'être pas désinvolte. Mais d'être précise et attentive.

On pourra aussi trouver que l'emploi du seul prénom a un côté « famille du cinéma », *name-dropping*. Voire, comme cela a déjà été dit comiquement, « fille de ». J'ai tourné dans un seul film. Et j'enseigne au collège depuis pas loin de trente ans. J'ai fréquenté des tonnes d'élèves et peu de stars. J'ai passé des milliers d'heures sur une estrade et un mois sur un tournage. Quant au népotisme dans l'enseignement, il n'a pas encore été prouvé. On a déjà assez à faire avec l'endogamie et l'atavisme.

Le tournage

Été 1984

Cet été-là, je souhaite le raconter en tâchant d'être fidèle à l'enfant que j'étais, à ce qu'elle a vu et senti. Je souhaite éviter de calquer ce qui se passe aujourd'hui sur mes souvenirs. Je refuse de partir d'idées générales et de les appliquer à la petite fille d'alors. Ce serait me lâcher et me trahir. Je veux rester le plus possible à la hauteur de celle que je fus et demeure : j'ai l'impression d'être toujours la même. La preuve, je suis encore au collège aujourd'hui.

Me voilà donc sur le tournage, à Aix-en-Provence. Les scènes sont filmées dans l'ordre, à quelques exceptions près. Comme je ne figure pas dans les premières minutes du film, j'attends et j'observe.

Aix

Il y a Juliet Berto qui prend du « Schoum » et de l'« Hepatoum ». J'aimais bien ces mots. On aurait dit deux nains supplémentaires dans *Blanche-Neige*.

En réalité, elle était déjà assez malade et je n'avais pas vraiment compris que c'étaient des médicaments. Encore aujourd'hui, ces mots me font du bien. Il y a aussi Juliette Binoche, que j'aimais beaucoup. Dans cette équipe d'adultes, elle faisait figure de grande sœur, même si nous nous voyions à peine. Les scènes tournées lors de ces premiers jours m'inquiètent : elles sont très hystériques et cela ne me dit rien de bon. Comme le personnage de ma belle-mère s'appelle Mara, je me sens un peu concernée par tout ce qui lui arrive. Je suis embarrassée. Surtout quand Emmanuel (son mari, donc) met sa main sur son sexe à elle avec une certaine violence avant de la jeter sur leur lit. Mais pourquoi l'avoir appelée Mara ? Quelle idée perverse : comment pouvais-je éviter, tant mon prénom est rare, de me sentir liée à ce personnage, de m'identifier à cette femme ? D'être donc à la fois la fille et la femme ?

Dans la ville d'Aix, sur une place avec des dauphins, près de là où a été tourné le début du film, je me souviens d'un renard qui se cachait, effrayé, sous une voiture. Je repense souvent à lui.

À la mine

Avec mon père (le vrai !), nous logeons dans une très jolie petite maison. Sans doute a-t-on pensé que ce serait un cadre serein pour une enfant. C'est assez sympa. Nous mangeons des pans-bagnats. Charlotte, la fille de Jane Birkin, et Lola, celle de Jacques, sont à l'hôtel. Alors que je tiens le premier rôle, je les envie à mort : elles commandent des repas dans leur chambre, sautent avec des oreillers dans la piscine. J'aimerais être avec elles plutôt que sur le tournage. Ça a l'air génial, leurs journées. J'ai l'impression d'être une fille pauvre qui va au turbin pendant qu'elles s'amusent. C'est prendre les choses complètement à l'envers, ne rien comprendre. C'est aussi mon caractère de l'époque : j'ai toujours aimé, enfant, m'imaginer petite fille aux allumettes. J'aimais Tom Sawyer ou les tristes héros de roman. Cette inversion absurde est un premier symptôme qui confirme l'évidence : je n'ai pas envie de jouer dans le film. Ça me dégoûte. Je me sens très seule. Un jour, mais je me demande si ce n'est pas un faux souvenir, un journal publie un article sur Jane, qui est donc à Aix. Sur la photo, je suis avec elle. On m'a confondue avec Charlotte. Est-ce exact ?

La première scène dans laquelle je joue est anodine : je dois monter un escalier en disant « je peux ? ». Ça ne me plaît pas. Je me vois faire, je suis pataude, et c'est vraiment con de jouer à monter un escalier. Ce qui m'intéresse, en revanche, c'est de travailler avec Jacques, de guetter ce qui, dans mes paroles, sonne juste ou pas. C'est une chose qu'il m'a apprise alors avec beaucoup de finesse et de patience. Grâce à Jacques, j'ai désormais une oreille excessivement attentive aux tons, aux prosodies ; j'ai aussi développé un talent incroyablement utile : la faculté de chanter (volontairement) faux *La Marseillaise* et d'être plutôt à l'aise pour imiter le parler « faux ». Oui, bon… Cela semble dérisoire, mais je suis très reconnaissante de cette initiation à la justesse qui dépasse le simple cadre de la parole.

Les lits

Nous tournons dans une magnifique maison. Celle de la petite fille (Élise) et de sa mère (Lili). Sami et moi devons tourner, ensuite, une scène consacrée à une discussion à propos de la bonne distance entre les êtres. Plus tard, cette scène a été supprimée au montage et j'en ai été soulagée. J'ai gardé un souvenir extrêmement désagréable : j'étais censée être avec mon « père » sur un lit à regarder un meeting d'athlétisme à la télé, ce que je trouvais très gênant. Et puis Sami devait se rapprocher de moi pour évoquer le thème de la distance. Clairement, à mes yeux, la meilleure distance avec lui dans ce contexte, c'était la plus grande.

Dans le scénario, il y a ces indications : *Élise rejoint [Emmanuel] sur le lit, elle tente de s'asseoir sur ses genoux, il la repousse mais assez gentiment.*

Plus tard : *il attire maintenant Élise vers lui. […] Élise est contre [Emmanuel], elle est bien, elle ferme les yeux.*

La discussion prend un tour métaphysique : après quoi courent les athlètes ? Quelqu'un ou quelque chose ? Est-ce une fuite ? Le père explique qu'il a tellement peur, lui, que sa « vie est une échappée solitaire », qu'il n'y a plus personne derrière lui. Quand l'enfant lui demande où elle se situe dans la course, il lui répond qu'elle tient le chrono.

Qu'est-ce qui avait été si pénible dans cette scène ? Les dialogues sont tristes et angoissants. Mais sans doute était-ce le lit et la proximité. Un peu plus tôt, dans la chambre d'Élise, décorée de quantité d'objets qui étaient à l'époque les miens, le père s'était aussi allongé sur le lit. Sa fille était assise au bord. Il lui caressait doucement le bras. Il n'y a absolument rien de choquant dans ces scènes. Même si pour moi, en raison de mon éducation, il me semblait étrange qu'un père s'allonge à tout bout de champ sur les lits de la maison à la manière de Boucle d'Or. Mon père passait ses journées assis, on n'était pas du genre à se blottir sur un plumard. Rien de grave là-dedans, à part des habitudes et des codes différents.

Avant que l'on tourne, on nous avait fait faire des photos pour la presse, Sami et moi. Ces photos sont magnifiques. Il me prend dans ses bras, assis sur l'herbe. Nous faisons du vélo. Nous étions avec nos habits à nous, pas ceux du film. Je n'avais pas été très à l'aise, parce que je ne connaissais pas Sami, mais ça s'était bien passé. Rien ne m'avait paru difficile. Les scènes sur les lits sont en revanche gênantes. J'étais mal, tendue. Mais je prenais sur moi, bien que cette tension soit visible à l'image. Je me souviens encore de cette sensation : l'attente de pouvoir m'échapper, comme un ressort.

Après tout, il n'est pas anodin qu'un homme qui n'est pas votre père vous caresse ainsi le bras quand, avec le vôtre, vous n'avez jamais vécu la même chose de près ni de loin. Depuis, je suis toujours attentive aux scènes de tendresse entre parents et enfants dans les films. Tout a l'air si naturel et si simple. Il n'empêche, l'intimité ne se décrète pas, et j'ai ressenti les premières atteintes d'un malaise qui n'a cessé de s'amplifier.

La mère

Quand je revois le film, je m'aperçois que je n'ai aucune scène avec le personnage de ma mère. Elle n'est pas avec moi, ne me parle pas. Nous partageons pourtant la même maison.

L'actrice Aïna Wallé est belle, rousse, avec un léger accent. Norvégien, je crois. Elle est très bergmanienne et émouvante. On ne peut pas dire que sa fille lui ressemble. Soudain, je me prends à imaginer leur vie à toutes les deux, qui n'est jamais évoquée ou presque. Élise est-elle bilingue ? Cela me semble si bizarre de ne rien savoir de leur vie. Il n'y a aucun lien. Pas de tendresse. Et pourtant, Élise vit avec sa mère, elle ne voit son père que de temps à autre.

Ce vide ne m'avait pas choquée à l'époque. Aujourd'hui, il m'obsède. Sur le tournage, il y avait bien des références paternelles, il y avait quantité d'hommes aux profils divers (jeunes, vieux, pères, etc.). Les repères maternels, eux, étaient rares. Ils se limitaient – même si c'est déjà essentiel – à Carole, l'assistante, avec qui, je l'ai dit, j'ai passé beaucoup de temps.

Dans le film, la petite fille est livrée à son père et ne semble pas avoir d'autres figures auxquelles se raccrocher, qui pourraient lui venir en aide ou veiller sur elle. D'ailleurs, sa mère explique qu'elle l'a envoyée chez une copine parce qu'elle était déprimée et pas en état de s'occuper d'elle.

Des questions absurdes me viennent : que prenait, avec sa mère, Élise au petit déjeuner ? Quelles étaient ses relations avec sa famille maternelle ? Où sont les grands-parents dans cette histoire ? On sait juste que « Mamie » a fait de ses mains une robe que le père trouve moche. Je pense alors à Sami Frey, qui était orphelin : son père est mort quand il était tout petit ; sa mère et sa grand-mère ont été déportées et assassinées. Dans le film, il s'appelle Emmanuel Lehman. Au départ, il devait s'appeler Jean-Louis.

Le personnage était avocat. Dans le jeu des prénoms, je ne sais pas ce qui s'est passé là. Tout se mélange. Avec ma propre famille aussi, évidemment.

La figure du « père divorcé », du « père un week-end sur deux », devient d'autant plus inquiétante qu'elle ne s'adosse à rien. Sans doute n'a-t-il pas été jugé nécessaire d'évoquer ce pan de la vie de l'enfant, si banal, si quotidien. Il n'empêche que cette absence renforce la solitude de la petite fille, son désarroi, sa vulnérabilité. Comme sur le tournage, il y a si peu de femmes dans cette histoire qui pourtant parle aussi beaucoup d'elles (et de leur hystérie).

Quarante ans après, je ressens comme un manque, un énorme manque. Comme si un personnage féminin aurait pu me comprendre et me sauver. Et m'aimer.

La bonne distance

Sur le petit scénario du film qui ne me quittait pas et que j'ai encore, mon père a écrit, à la dernière page : *la bonne distance, la distance exacte. Une bonne distance*.

Je me demande s'il ne cherchait pas un nouveau titre. Ce qui était bien vu, puisque ce sujet est au cœur du scénario et du tournage. Il est même devenu, depuis, fondamental pour moi. Je ne cesse d'y revenir encore aujourd'hui. De manière un peu plus élaborée et moins apeurée, notamment par le biais de Pascal :

> « Ainsi les tableaux vus de trop loin et de trop près. Et il n'y a qu'un point indivisible qui soit le véritable lieu. Les autres sont trop près, trop loin, trop haut ou trop bas. La perspective l'assigne dans l'art de la peinture. Mais dans la vérité et dans la morale, qui l'assignera ? »

La scène devant la télévision, je ne l'avais pas comprise. Je ne mesurais pas ce que pouvait recouvrir la question de la distance entre un père et sa fille. Avec mon père, nous étions très proches, mais il savait toujours, justement, conserver cette « juste distance ». Il n'était pas un père ambigu, ni malsain, ni infantile, ni pervers, ni séducteur, du moins avec moi. En cela, il n'y avait aucune ressemblance avec le personnage incarné par Sami Frey. Je vénérais mon père, comme bien des petites filles, mais il a toujours pris soin de me remettre à ma place d'enfant. Peut-être que les thèmes incestueux que soulevait implicitement (et très, très spectaculairement) le film m'étaient si étrangers que je ne les avais pas vus venir, ni formalisés, ni compris. J'avais dix ans, on ne m'a rien expliqué. Dans le dossier de presse publié à la sortie du film, j'affirme que je « posais toujours des questions [à mon père] pour qu'il m'explique », mais qu'il « n'aimait pas ça. Il ne voulait pas me répondre ».

Le brouillard que j'ai traversé dans la tourmente était donc assumé et revendiqué.

Cette scène « de la bonne distance » qui explicite un tant soit peu l'histoire a-t-elle été supprimée parce que trop didactique ? On n'est pas chez les ploucs, on se contente du minimum. Mais moi, j'étais psychiquement un peu plouc encore.

La peste

Là où nous tournions, il y avait une piscine : en sortant de l'eau, j'ai découvert des sortes de petites protubérances sur ma peau. Doctissimo n'existait pas encore, mais j'ai eu une fulgurance : j'étais atteinte de peste bubonique. C'était certain. Pourquoi avais-je choisi ce mal ? Pourquoi avais-je opté pour quelque chose d'aussi théâtral, ridicule et improbable ? Je n'en ai aucune idée.

Je me revois en tout cas demander que l'on prévienne mon père, me cacher derrière un buisson, puis hurler quand il est venu à mon secours : je voulais mourir seule, sans le contaminer. Je tournais un film d'auteur et je me voyais en lépreuse dans *Ben-Hur*. En ce début de tournage, je détestais jouer tant je me trouvais mauvaise ; et pourtant je me faisais, là, héroïne tragique livrée à son destin.

Encore maintenant, cette anecdote me fait rire. Je la trouve génialement grotesque. Elle est digne d'un film avec Will Ferrell. Évidemment, des esprits un peu plus subtils que le mien penseront à Œdipe et à la peste qui dévore Thèbes. D'autres y verront le désespoir d'un enfant, un appel à l'aide. Moi, qu'on m'excuse, j'ai envie de continuer à en rire. C'est le chef-d'œuvre hytérico-comique de mon existence. Freud et Clérambault réunis n'auraient pas fait mieux. C'est l'un de mes souvenirs les plus drôles du tournage. Plus, en tout cas, que celui que je voudrais évoquer maintenant.

Un peu plus brutalement

Dans une autre scène, qui intervient plus tôt dans le film mais que nous avons tournée ensuite, mon « père » vient me chercher chez une copine. Il est furieux parce que je le fuis. Je suis à vélo, il me fait tomber au sol. Me relève, puis me jette par terre et me fait mal. J'exécutais à cette époque, comme les plus grands, comme Bébel, mes propres cascades et portais des genouillères. On entend, à l'écran, des sanglots dans ma voix, non feints : « Tu m'as fait mal. »

Emmanuel répond : « Et toi aussi, tu crois que tu me fais pas mal à me traiter comme ça ? »

La veste que je portais pour cette scène, que j'ai gardée après le tournage, était encore pleine de chardons des années plus tard. Dans le scénario, il est écrit :

il la plaque au sol, assez brutalement [...] il la rejoint encore, la plaque chaque fois un peu plus brutalement [...] une autre fois [...] cette fois [le père] a été vraiment brutal [...] on sent qu'il va cogner l'enfant.

Dire que mon père a coécrit le scénario… Peut-être avais-je été particulièrement gonflante le jour où cette scène a été imaginée. En tout cas, on ne pourra pas dire qu'il y ait eu du favoritisme et qu'il ait cherché à me ménager. Un type traite ainsi mes enfants, même pour jouer, même au nom de l'Art, je l'abats sans sommation. Au moment où je subis cette violence, on voit le personnage qui joue mon amie s'enfuir : c'est la fille de Jacques, Lola. Elle est heureusement épargnée. La fille de mon père – moi – ne l'est pas.

Quand le film sortira, Jacques expliquera dans une interview pour *Télé 7 jours*, en riant, qu'« on préfère toujours abîmer les enfants des autres ». Je ne sais pas si l'on peut généraliser cette maxime de sagesse prétendument énoncée sur le ton de la blague. En tout cas, cela lui correspond bien.

Est-ce que j'ai un souvenir terrible de cet instant précis ? J'ai encore en mémoire la douleur physique et la brutalité de la scène, mais il y avait au moins une clarté dans l'intention et le geste qui rendait l'ensemble supportable. Il fallait me jeter par terre, c'était écrit explicitement, il était donc important de le faire. On l'a fait, j'ai eu mal, j'ai tremblé, j'ai pleuré, mais c'était du « boulot » à mes yeux.

Et puis, relativisons : pour ma part, le problème principal, c'était le vélo. Le vélo bleu qui était prévu au départ avait été volé. Il avait fallu le remplacer par une bicyclette pour « garçons » avec la barre et le guidon retourné. Ça ne m'allait pas. J'avais peur. J'ai protesté. Mon père a vécu ça comme un caprice de starlette et me l'a considérablement reproché. Des mois après, encore. Le vélo était devenu l'incarnation de mes revendications égoïstes. De mon incapacité à faire les choses correctement. Aujourd'hui, j'ai toujours tendance à voir le monde de manière binaire : il y a les bons vélos et les vélos hostiles. Vélos, lovés, volés, solvés ? Ne nous emportons pas.

Avec un lapin

Je ne peux m'empêcher d'imaginer, malgré tout, la même scène avec un lapin. Évidemment, pour le vélo, ce serait un peu compliqué. Mais essayons quand même. Le lapin est jeté au sol, assez brutalement, un peu plus brutalement, vraiment brutalement. On voit ensuite les yeux du lapin (ou du lapereau pour plus d'émotion encore) remplis de larmes. Il se met à couiner et émet un clapissement tremblant.

Bien sûr, on n'aurait pas pu expliquer la scène au lapin. On ne me l'a pas expliquée non plus. Le lapin n'aurait pas pu lire préalablement la scène dans le scénario. Ce n'est pas faux. Le lapin aurait pu aussi avoir des genouillères. Les lapins, ça se mange ; pas les petites filles. Le lapin est innocent ; moi aussi. Le lapin n'a pas saisi les enjeux de la fiction et n'a pas accepté de jouer cette scène. C'est vrai.

On va me dire que j'ai à dessein choisi un animal mignon. Qu'avec une araignée, même enfant, on voit la scène autrement. En plus, mon exercice comparatif est biaisé ; pour que ça marche, il faudrait remplacer Sami Frey par un papa lapin (ou un papa araignée). Et là, c'est une fois encore plus triste... mais c'est la nature.

En tout cas, je peux le garantir, aucun animal n'a été maltraité pendant ce tournage. Mais vraiment aucun.

Tout déraille

Le tournage est bien entamé. Il est sur le point de devenir itinérant. Une tension intérieure monte en moi de jour en jour. J'ai encore le sentiment de la maîtriser. Puis vient le moment où les digues sautent.

Vandaliser l'école

Dans une scène charmante, le père et la fille escaladent le mur de l'école d'Élise, déserte, et vont dans sa classe. Là, le père feint d'annoncer à l'institutrice (qui n'est pas présente, la classe est vide, c'est un jeu) qu'il vient pour la tuer et l'accuse de corrompre les enfants, d'inciter les mineurs à la débauche avec des récompenses, des images montrant des « hommes hypertrophiés par les anabolisants », et de leur apprendre des mots dégoûtants comme « épanoui, grassouillette, librement, profiter, un max, madame Ruiz, un max ». Et enfin « caisse d'épargne ».

J'ai un souvenir génial du tournage de cette scène. Nous visitions clandestinement une école, ce qui était pour moi un rêve, voire un fantasme. J'adorais le dialogue : il était drôle, théâtral et plein de mots pour moi nouveaux (« caviarder », « anabolisant », « hypertrophié »). J'aimais beaucoup l'évocation de la « caisse d'épargne » comme intrus dans cette liste licencieuse. J'aimais comprendre cet humour, je me sentais intellectuellement valorisée.

Mme Ruiz, c'était une ancienne institutrice de mon père. Plus tard dans le film, quand j'évoque des camarades de classe, ils ont tous les patronymes de ses copains, dans les années 1960, au lycée Carnot à Paris. Ce n'est pas l'école que je connais alors qui est mise en scène, mais la sienne, d'avant, avec ses profs, ses potes. C'était évidemment mieux comme ça (je n'ose imaginer ma réaction si l'on avait nommé mes instits), mais c'est un peu étrange qu'il ait fait ce choix. On m'a pillée sur tout lors de ce tournage, mais pas là. Dans ce cadre sécurisant, mon père semble prendre ma place. Élise se plaint que la maîtresse l'appelle « ma chérie ». Moi, j'aurais beaucoup aimé ça. Tout se passe comme si la vraie école, c'était celle des souvenirs des adultes, pas celle que je fréquentais.

Que l'on vole des fournitures (« dix répertoires à spirale intégrale en 110 × 170 ») était un bonheur indicible. Aujourd'hui, quand je revois cette scène, je suis encore ravie, je la trouve légère, lumineuse, les paroles résonnent sous les hauts plafonds, la voix de Sami Frey porte de plus en plus, il est radieux et drôle. Même s'il ne connaît pas le nom de mon institutrice (il me le demande). C'est de loin le moment qui me laisse le souvenir le plus heureux. J'aurais aimé que le film entier ait cette tonalité.

Évidemment, la scène se situe dans une salle de classe. Ce n'est pas anodin. Ce qui m'était alors essentiel (et l'est toujours d'ailleurs), la classe, était ridiculisé, dénigré, profané, pillé par le père. Et la maîtresse, si gentille avec Élise, menacée d'être tuée. J'ai bien pris tout cela : mon goût pour l'école était chez moi une revendication et une protection. Parfois une provocation. Ou un jeu. Il n'empêche qu'une fois encore, dans ce film, ce qui compte pour le jeune personnage est moqué, bordélisé, méprisé.

La dictée

Il se passe exactement la même chose lors d'une séquence antérieure, quand nous sommes encore dans la maison de la mère d'Élise. C'est aussi une scène que j'ai aimé tourner : le père fait faire une dictée à sa fille. J'ai le souvenir de ma fierté à donner les bonnes réponses quand il me fait conjuguer les verbes mourir puis aimer à tous les temps : « Je t'aimais / Tu m'aimais comment / AIS / Diras-tu que tu m'aimeras ? / Je t'aimerai / Tu m'aimeras comment ? / RAS. »

Puis le père lui apprend le mot « sinécure » et lui demande d'aller chercher la définition dans un dictionnaire. Qu'elle n'a pas. D'où le vol du dictionnaire plus tard.

Ce dictionnaire, d'ailleurs, c'était le mien, reçu à l'occasion de mes sept ans. Il a vaillamment accompagné tout le tournage ainsi que le reste de ma vie. Il est maintenant bien vieux, il a perdu sa couverture, mais il n'a rien perdu de sa fidélité ni de l'inquiétante étrangeté que lui a conférée son expérience cinématographique.

Lors de la dictée puis de la conjugaison, je cesse d'être actrice, je suis de nouveau élève. Enfin, je joue le rôle d'une petite fille qui réagit comme une élève. J'ai vécu ce moment comme une étape rassurante. J'étais en terrain connu et maîtrisé, celui de l'orthographe. C'est un souvenir très agréable et une scène que j'aime beaucoup revoir… Mais, encore une fois, ce qui est cher à la petite fille est manipulé par le père et le scénario : la conjugaison est un prétexte pour extorquer des déclarations. Le père rit, l'enfant est inquiet, indique le scénario.

Plus tard dans le film, Élise dit qu'elle veut rentrer car elle a « une dictée de contrôle ». Son père n'en a cure.

La dictée de contrôle, sur l'échelle des dictées, c'est la plus importante, la plus grave. C'est le boss final du monde dictatif. Bien au-dessus de la dictée à trous, de l'autodictée, de la dictée préparée, de la dictée-problème, de la dictée réfléchie, avec outils, sondage, sans faute, expliquée. La dictée de contrôle est presque bannie aujourd'hui : on préfère à l'évaluation sommative la dictée performative, d'apprentissage. Le but n'est plus de dicter un poème de Mallarmé à l'enfant afin qu'il mesure à quel point son orthographe est lamentable.

À l'époque, évidemment, je trouvais criminel qu'un père oblige sa fille à manquer ce type d'exercice. Je m'aperçois, quarante ans plus tard, que c'était sans doute une manière très indirecte de me sauver des griffes de la dictée de contrôle, ce test humiliant, bourgeois, pour initiés. Malheureusement, je n'étais pas encore capable, à dix ans, de mesurer la grandeur de ce geste héroïque et militant, ni de saisir les ambivalences d'épreuves auxquelles j'étais aliénée.

Maintenant non plus, mais j'essaie d'être constructive et d'imaginer que ce dénigrement permanent de l'École avait un fond de justesse. Je fais des efforts.

Le maillot de bain blanc

Dans une scène, le père et sa fille font intrusion, de nuit, dans la piscine d'une propriété. Je me souviens encore du malaise que je ressentais à ce moment-là. Pourtant, se baigner de nuit, chez des inconnus, c'est vraiment un rêve d'enfant.

Le père, vêtu d'un maillot de bain blanc, est dans la piscine, il nage. Élise descend dans l'eau. Il avance derrière elle, on dirait un requin. Je m'étais formulé l'idée que j'étais, à ce moment précis, une proie. D'ailleurs, quand j'arrive au bord, je me retourne, comme pour vérifier qui me suit. Le père est un peu essoufflé, il chuchote, parle doucement, on entend le clapotis de l'eau :

> « Faut pas m'en vouloir pour cette nuit. Et en règle générale il ne faut pas m'en vouloir. Je sais que je ne fais pas exactement ce qu'il faut faire avec toi. J'ai pas toujours été comme ça, tu sais. J'ai pas toujours été comme ça. »

S'ensuit une sorte de longue respiration. Je suis toujours de dos et l'on dirait que je me réfugie le plus possible dans un coin du cadre. On entend encore sa respiration. Je sors de l'eau et l'on voit mon cul dans mon maillot de bain rouge Arena.

Quand le père vient me rejoindre, je détourne la tête. Il respire encore assez fort. On pourrait trouver ça obscène. Lorsqu'il s'allonge le long de la piscine, son short de bain bâille. Je me décale, je détourne le visage encore une fois. Je vois de la panique dans mes yeux. Ou une forme de combat : je dois tenir. Ma voix s'altère. Ce que je décris là, ce ne sont pas des reconstitutions *a posteriori*, ce sont des souvenirs vifs. Revoir la scène me renvoie à cette panique. Je ne sais si elle est visible par quelqu'un d'autre que moi. Le langage corporel est pourtant limpide.

Dans la scène suivante, le film montre que cette baignade a dégénéré. « C'est quoi, le drame ? » demande le père. Il s'assied ensuite à la « place du mort » dans la voiture. Elle lui fait remarquer que c'est sa place à elle. Il sort, la soulève et la lâche sur le siège.

Des lits, encore

La suite du tournage se tient dans une chambre d'hôtel aux abords d'Aix. Je suis en culotte blanche type Petit Bateau dans un lit, torse nu. Je n'ai pas encore de seins mais je me sens pourtant « seins nus ». Et c'est là que tout va vraiment dérailler.

Dans la scène précédente, le père a croisé une ancienne maîtresse alors qu'il dînait aux chandelles avec sa fille dans le restaurant de l'hôtel. Cette rencontre est-elle une coïncidence ? A-t-il donné rendez-vous à la femme ? L'enfant voit son père observer la dame, assise à une table voisine. Élise lui demande s'il la connaît et soupire, à la fois fataliste et espiègle : « Je sens que je vais être couchée de bonne heure. » La femme (incarnée par Catherine Gandois, elle fut nommée provisoirement Lola) dit : « Quand j'ai connu ton père, il était tout petit et toi aussi. Il a beaucoup grandi. Il était seulement amoureux de toi et maintenant tu lui fais des scènes. Il t'a eue aussi. »

Je déteste ces phrases, écrites par mon père et Jacques. Je hais ce moment. Encore aujourd'hui.

L'enfant se barre, son père la suit. Quand il part, la femme propose de le retrouver plus tard. Dans leur chambre, Élise fait la gueule, car elle sait que son père va rejoindre celle qui est décrite comme la « femme au cognac ». Ce qu'il fait.

La petite actrice le sait, plus ou moins. Elle n'assiste pas au tournage de la scène, elle ignore tout de la manière dont elle est filmée : la femme est allongée sur son lit, séduisante, entreprenante.

Quand le père revient, Élise a quitté son petit lit pour le grand (qui est identique à celui de la maîtresse), prostrée, torse nu. Après une brève conversation, elle lui demande si elle peut dormir avec lui. Réponse du père : « Pour ce qui est de dormir dans le même lit, n'en profite pas trop. »

Profiter ? De quoi ? De la situation ? On peut aussi imaginer qu'il demande à sa fille de ne pas profiter d'être dans le même lit que lui pour… Certains entendent la phrase ainsi. J'ai plutôt tendance à penser qu'il lui demande de ne pas exploiter ce moment de crise. C'est ainsi que je l'ai compris à l'époque. Et que je l'entends encore.

Ce verbe n'est pourtant pas un non-événement dans le film. Parmi les mots caviardés dans le dictionnaire, à l'école, il y avait « profiter ». C'est un mot « dégoûtant ».

C'est au moment précis où Sami s'est approché du lit que j'ai piqué une crise, me suis levée alors que la caméra tournait et suis partie me réfugier dans un couloir. À l'époque, j'en fus la première surprise. Je ne m'y attendais pas. Mais là, Sami qui s'approche du lit, c'était tout simplement intolérable.

Il y a eu un avant et un après. Ensuite, plus rien n'a été pareil.

Baldaquin

Quelques semaines plus tard, avec mon père, nous logions dans un merveilleux hôtel espagnol. C'était un gros, gros château. Quand nous avons découvert notre chambre, ce fut la consternation : à la place des lits jumeaux dont nous avions l'habitude, la chambre n'avait qu'un immense lit à baldaquin. C'était le rêve de ma vie de dormir dans un cadre aussi romanesque. Mon père a immédiatement décidé de descendre à la réception pour changer de chambre ou rajouter un lit. J'étais si triste… J'ai négocié. On a gardé la chambre.

C'est, je crois, la seule et dernière fois où j'ai dormi dans un lit avec mon père. Il s'était quasiment construit un blockhaus en draps (vu qu'il ne mettait jamais de pyjama) et a dormi à des kilomètres de moi dans ce lit gigantesque. Je trouvais ça hilarant et surprenant. Il n'y avait pourtant rien d'ambigu ni de trouble. Ni lui ni moi ne présentions le moindre danger l'un pour l'autre. Même avec ma vision d'adulte, de mère, de fille, j'en suis certaine. Peut-être était-ce le sujet du film qui se mettait à empoisonner nos vies… Ce dont je voulais profiter là, c'était du lit à baldaquin et du château. Pas de la situation. Et surtout pas de lui.

Overlook hôtel provençal

Revenons dans ce sinistre hôtel aixois. Enfin, sinistre, ce n'était pas non plus celui de *Shining*. J'ai néanmoins un souvenir pénible de ses murs orange moches et pesants.

Grâce à Dominique et Carole, les assistants, j'ai de nouveau sous la main les feuilles de service du tournage. Elles font partie de mes meilleurs souvenirs tant elles sont drôles et variées. Nous avons séjourné là-bas les 13, 16 et 17 juillet 1984. Les scènes se passent de nuit, mais je crois que nous les avons tournées de jour.

L'hôtel s'appelait Le Domaine de Tournon et se trouvait dans la campagne d'Aix. Depuis, il a fermé, rouvert et de nouveau fermé. Sur Internet, je cherche des images pour les confronter à mes souvenirs. Il avait l'air joli. Les images du restaurant, en revanche, me dépriment immédiatement : les couleurs chaudes, le plafond voûté en pierre… Et pourtant, en comparant avec celui du film, je pense qu'il ne s'agit pas du même. Je continue mes recherches (absurdes ?) : je suis presque soulagée que les avis sur Trip Advisor soient si mauvais (trente ans plus tard, tout se tient !).

« Pistache », en 2012, laisse un long commentaire intitulé « Minable, c'est une honte » : il y a des « stores types dessins de Marilyn Monroe aux fenêtres, c'est minable, […] des carbets type polynésiens… grotesque », un « gazon brûlé par le soleil (plus d'arrosage automatique ?) ». Le serveur prétend que « tout est très très frais !!!!! je ne me suis pas démontée et je lui ai répondu que je sais reconnaître du frais du non frais et que ni le crabe ni le loup ne l'étaient ; là le serveur fait mine de se vexer et me répond que si le chef entend ça, il ne va pas être content !!!!! »

On me pardonnera cette citation aux accents de scène de marché dans *Astérix*. J'essaie d'être le plus honnête possible. Il se peut que cet hôtel, comme celui de *Shining* justement, souffre d'un problème propre, d'une forme de malédiction. Il rend peut-être fou. Il se pourrait qu'un esprit, des impressions, des drames aient imprégné ses murs. Et si toute cette histoire était celle d'un hôtel hanté ? On se débarrasserait à bon compte de nombre de thématiques pesantes : les enfants au cinéma, les films d'auteur, les relations père-fille.

En même temps, c'est peut-être depuis le tournage que rien ne va plus dans ces lieux. Ma crise a provoqué sa chute. Depuis, le loup (comme par hasard) n'est pas frais, et il y a, *horresco referens*, des stores Marylin Monroe et des carbets polynésiens.

Je continue mes recherches sur Google Maps. Au moment où j'en arrive à explorer les noms de lieu, les espaces boisés et la topographie, je me rappelle que je suis en vie, pas une enfant disparue, et que ce tournage n'a pas été un fait divers. Mais enfin, comme Marguerite Duras, je « vois l'hôtel et je sais que le problème a existé ».

C'est donc là que j'ai réellement craqué.

Le début de la fin

Quand Sami vient s'allonger à côté de moi, dans le lit, je ne peux rester en place. En plein milieu d'une prise, je me lève et m'échappe. Je ne comprends pas moi-même pourquoi je suis dans cet état. Je me sens comme dans une souricière : si mes souvenirs sont justes, nous étions en plein jour, les fenêtres étaient occultées afin de ne pas laisser passer la lumière. Le lit était dans un coin, j'étais là, avec ma culotte et des tas de gens autour de moi, des hommes. C'était insupportable. Du moins, ça l'était pour moi. Quand je m'enfuis, je sens que l'affaire est grave. Ça discute, ça parlemente. Certains me parlent dans la salle de bains, il y a de l'attente, une certaine pression et de l'énervement. Et moi qui ne comprends rien, à part qu'être ainsi, dans ce lit, avec Sami et l'équipe, m'est insoutenable.

En y repensant aujourd'hui : nous tournions dans l'hôtel où nous logions (je n'étais jamais allée à l'hôtel de ma vie). Ma mère (la vraie) était venue passer un ou deux jours avec nous. J'avais dû aller dormir seule dans une chambre, ce qui me faisait peur. Je n'arrivais pas à raccorder, dans ma tête, ma vie familiale et *La Vie de famille*. Ce mélange me semblait incongru, perturbant. J'étais comme hors-sol. Et seule. L'actrice qui incarnait la maîtresse du père était magnifique et me semblait une menace. Le film, qui empruntait parfois des chemins enfantins charmants (intrusion dans une école, jeu, etc.), s'assombrissait soudain dans cette chambre moche et obscure, avec un grand lit et beaucoup de techniciens. Masculins.

Et puis, comme il était question d'adultère, de coucher sa fille, d'aller coucher avec une femme et de revenir se coucher à côté de sa fille, c'était trop pour moi.

Ce fut la consternation générale ; Sami était indigné par mon manque de professionnalisme. Moi, je culpabilisais parce que la pellicule, c'était cher, qu'il ne fallait pas la gâcher. On avait beau faire quantité de prises (ça me plaisait, ça me donnait l'occasion de faire mieux, de ne plus ressembler au chimpanzé dissonant des premiers jours), il me semblait gravissime d'en gâcher une. Depuis, j'ai toujours une petite angoisse quand je regarde des bêtisiers, ceux dans lesquels les acteurs ont des fous rires : ça a gâché de la pellicule. Le crime.

En revoyant la scène, on voit que j'ai pleuré (je sais, moi, que c'est pour de vrai) et que je me retiens de pleurer encore. C'est la deuxième fois que je pleure vraiment à l'image. J'ai les cheveux qui tombent comme des oreilles de cocker, je renifle et me tords la bouche. On sent aussi que Sami est grave. Bien trop pour l'occasion. Un spectateur décèlerait-il cette tension, ce climat pesant ? Penserait-il que c'est en accord avec ce qui est en jeu dans l'histoire ? Ce qui était mauvais pour moi était sans doute aussi bon pour le film.

Un projet en péril

Je deviens donc difficile. Je me fais de plus en plus souvent engueuler par mon père : les reproches s'accumulent. Sami, lui, décrète qu'il n'a jamais eu une « partenaire » pareille. Partenaire… J'ai le sentiment d'être Brigitte Bardot, avec qui, on me l'a dit et répété mille fois, il a eu une histoire. Partenaire : c'est ce que je suis censée être mais, là, je suis surtout une enfant qui explose après des jours et des jours de malaise grandissant. Jacques est en retrait.

Il semble à la fois contrarié (ce qui m'ennuie beaucoup, car je veux bien faire et être à la hauteur de la confiance qu'il a placée en moi) et intrigué. Je ne pense pas qu'il ait protesté ni haussé le ton. Il laissait faire mon père. Son sbire. Il ne m'a ni consolée ni morigénée. Rien. C'est du moins le souvenir qu'il m'en reste.

Dominique, le premier assistant, et Carole, la seconde, deviennent mes repères. L'un par sa gentillesse, sa drôlerie, sa douceur. L'autre parce qu'elle me prend sous son aile, s'occupe de moi, me raisonne avec justesse et fermeté. Sans eux, je crois que j'aurais été incapable de continuer. Encore aujourd'hui, je les aime. Si je ne les vois que trop rarement, je me sens bien, en sécurité, quand je suis avec eux deux, même si quarante ans ont passé.

Parmi les symptômes plus ou moins marrants que j'ai alors, il y en a un dont je n'ai pas encore parlé. Depuis la scène avec le vélo, j'ai des sortes d'hallucinations visuelles. Quand je lis le scénario, j'ai le sentiment que ce n'est qu'une accumulation de scènes de cul, que c'est limite porno. L'issue de chaque scène me paraît être sexuelle. Je sais pourtant bien lire et comprendre ce que je lis. C'est clairement fantasmatique, mais à l'époque je ne maîtrise pas cette notion. Évidemment, il m'est impossible, sur le moment, d'en parler tant j'ai honte : je suis, à dix ans, complètement obsédée, je vois de la turpitude partout, alors qu'il s'agit d'un petit film léger, un *road trip* sympathique entre un père et sa fille. C'est tellement embarrassant. Je vais me ridiculiser si j'en parle à mon père. Et puis, comment avouer à mon père que je trouve cette relation père-fille malsaine sans être terriblement gênée ? Il va me trouver folle, détraquée et perverse : est-il seulement possible qu'une enfant de mon âge puisse sexualiser un scénario aussi familial et primesautier ?

Familial, surtout.

La honte

J'ai eu honte, très honte. On m'a laissée penser qu'en effet, il y avait de quoi. Il n'y avait aucun problème, aucun thème préoccupant, rien qui puisse gêner une petite fille de dix ans que l'on met torse nu, dans un lit, à côté d'un monsieur de presque cinquante ans qu'elle vient de rencontrer, avec lequel elle ne discute pas.

Mes parents avaient tourné un film quand j'étais petite. Dans une scène, ma mère était dans un lit avec un homme (un ami très cher de mes parents). Ma petite sœur ne supportait pas ce moment. Moi non, ça ne me faisait rien. C'était juste un film.

Quand j'y repense, c'est inouï de jeter une enfant, sans discussion, sans préparation, quasi nue dans un lit avec un monsieur qui, certes, joue son père, mais qui lui est totalement étranger. J'ai éprouvé une peur panique. J'ai eu honte de cette peur, car elle pouvait laisser croire que je m'imaginais des choses. Donc que le désir ou la demande venaient de moi.

La demande et le désir venaient du scénario et de la mise en scène. Donc de Jacques. Et de mon père. Ce qui est complètement perturbant. Comment a-t-on pu me laisser à ce point seule, démunie et désespérée ? Pourquoi ce refus de m'expliquer ce qui se tramait dans ces scènes ? Pourquoi ne pas tenir compte, réellement, de ma révolte et de ma tristesse ?

Pour le coup, là, je n'ai aucun doute : c'est dégueulasse. Ça ressemble à ces hommes qui prennent sous leur aile de très jeunes adolescentes, les laissant penser qu'elles sont à l'origine du désir, de la conquête. Quand j'entends les reproches qu'on leur fait à elles, aujourd'hui, d'avoir mis du temps à comprendre le total retournement des choses et d'avoir été bien contentes pendant des années, en couple avec des réalisateurs célèbres, je comprends parfaitement la mécanique qui s'est mise en marche. Et la lenteur de la prise de conscience. À un stade bien plus atténué, évidemment. Mais là, en vérité, je me sens quand même un peu victime d'une inversion des rôles. Quand il s'agit d'inceste, de séduction, faire croire à l'enfant que c'est d'elle que vient le problème, c'est immonde.

Mammifère

Les prises en extérieur sont un soulagement.

La scène se passe à Cassis. Le père, Emmanuel, va chercher sa belle-fille, Natacha (dans le scénario, elle a quinze ans). Elle est surnommée « l'hybride » à la suite des recherches effectuées dans le dictionnaire par Élise un peu plus tôt (*se dit d'un animal ou d'un végétal résultant d'un croisement : le mulet est un hybride de l'âne et de la jument*, est-il indiqué dans le scénario).

Le père s'étonne qu'Élise prenne sa défense. Et se demande à cet égard si sa fille n'aurait pas un « peu trop grandi », si la « guêpe » ne l'aurait pas « piquée », si elle est devenue un « horrible mammifère », et lui dit : « Montre, fais voir si tu es encore un enfant ou déjà une petite Madame Michu. »

Il tente de lui toucher la poitrine, elle se débat en riant. Pour le coup, je n'ai absolument pas un mauvais souvenir de ce moment ni des gestes de Sami Frey. J'avais si peu de seins, de perspective de seins, j'étais encore tellement enfant, pas du tout femme, sans aucun signe de puberté, que cela ne m'a pas embêtée une seconde.

Jamais mon propre père n'aurait osé ni même pensé faire ce type de remarques ou de gestes avec moi. D'un autre côté, l'idée ne devait pas lui être si étrangère que ça, puisqu'elle figure dans le scénario qu'il a coécrit. Étrangement là, pour moi, ça passe, c'est enjoué, drôle, complice. Aujourd'hui, je trouve les dialogues bien misogynes : les femmes sont d'horribles mammifères et des Madame Michu ; la puberté est une piqûre. Et il n'est pas forcément pertinent qu'un père demande à sa fille de lui montrer ses proto-seins inexistants (dans le scénario, il est écrit qu'il lui demande d'ouvrir sa chemise). Mais enfin, vraiment, sincèrement, je m'en fichais à l'époque et ça ne me fait pas grand-chose aujourd'hui. Peut-être parce que, pour une fois, je comprends la même chose que le père fictif du scénario. Il n'y a rien de planqué ni d'insinué.

Les seins de l'hybride

Le père tente de retrouver sa belle-fille et croise son petit ami : il lui casse la gueule. Voilà ce qui arrive au seul autre personnage masculin du film. Il n'aura pas tenu deux minutes.

La jeune fille (Juliette Binoche) est dans son lit, seins nus, elle aussi, mais avec des vrais seins, avérés, sans doute possible. Même si le personnage avait peu de scènes, il avait déjà eu l'occasion d'être torse nu au début du film lors d'un moment particulièrement colérique (« hystérique », dit le père) : la belle-fille, en pleine crise, retire sa chemise de nuit devant son beau-père, qui soupire. Est-ce une manière de dire que c'est elle qui a commencé ?

Le père l'accuse de tout faire pour que cela se passe mal entre lui et sa femme : « Ta mère veut que je t'aime, elle rêve que nous faisons l'amour ensemble, ça la bouleverse, alors je vais t'aimer. »

Emmanuel embrasse la bouche et les seins de Natacha contre son gré. Elle se débat. Il la force. C'est une agression sexuelle, mais je crois qu'on ne voyait pas les choses comme ça à l'époque. D'ailleurs, dans un entretien pour *Libération*[3], Juliette Binoche (Natacha) dit qu'elle a gardé un « bon souvenir du tournage » : « Doillon, c'était une référence pour les actrices de ma génération. »

Elle ajoute :

> Sur place, tout de suite, je devais retirer ma robe tee-shirt dès la première scène en hurlant. J'étais cap, c'est ce qui comptait. Pas consciente du méli-mélo de répliques perverses, trop émue d'avoir été choisie face à Juliet Berto, ma mère dans le film.

Même si elle trouve aujourd'hui que certaines d'entre elles « font froid dans le dos », elle n'est « pas sûre d'avoir compris ces répliques à l'époque ». C'est sans doute le privilège de l'enfance : je les comprenais parfaitement, moi. Et elles me dégoûtaient et dérangeaient profondément. Mais, là encore, je perçois très bien comment une jeune fille un peu plus âgée que moi, qui faisait confiance au metteur en scène de référence, à son sens du dialogue, à sa justesse, à son art, a pu jouer ces scènes sans problème, avec générosité.

Natacha pleure ensuite.

« Si j'ai aimé ta mère, c'est aussi à cause de toi [...], parce que tu faisais partie de sa beauté. [...] J'ai été déçu par toi, par ta médiocrité, tu as tout fait pour nous faire retomber dans la vie de famille la plus insupportable [...] j'attendais mieux de toi. »

C'est ce que dit le beau-père à sa belle-fille. Il ajoute qu'il l'a souvent défendue contre sa mère.

Natacha, accablée, lui dit qu'elle l'aurait vu s'il l'avait aimée. Elle lui demande de rester.

Au premier plan apparaissent, durant toute cette scène, les seins juvéniles de Juliette Binoche. Ils apparaîtront aussi, d'ailleurs, sur l'affiche et dans des photos pour la presse. À l'époque, je précisais toujours, pour rire, que ce n'étaient pas les miens ; c'est con, mais je craignais qu'il y ait un malentendu ! J'avais le sentiment que ces seins m'engageaient, étaient vaguement mensongers (type « photo non contractuelle, le film montre prioritairement les seins d'une enfant qui n'en a pas ») et qu'il me fallait absolument commenter leur présence.

Ce que savait Élise

Si Élise ne voit pas ces échanges, elle les entend. On la voit arriver, écouter et partir en courant. Elle a eu l'occasion d'apprendre un mot : « parano ». On la retrouve ensuite plongée dans son dictionnaire à la recherche de ce terme. La définition est incompréhensible. Elle bute sur « psychose », qu'elle prononce mal. Quand son père arrive, elle referme brutalement le dictionnaire, puis demande s'il faut dire « psy-chose » ou « psy-kose ». Natacha est là, aussi. Il plaisante : « On dit le petit chose » ou « psykose ». La voiture démarre. Élise prend Natacha dans ses bras, puis saisit son carnet de vocabulaire pour taper sur la tête de son père. Il proteste et sourit. Pour l'occasion, il devient un chouette papa au volant qui demande aux filles, à l'arrière, de cesser de chahuter. On rejoint presque cette scène dans *Boule et Bill* où le chien pose ses oreilles sur les yeux du papa qui conduit sa 2 CV afin de jouer à « devine qui c'est » (référence importante de mon enfance).

Dans *Ce que savait Maisie*, Henry James raconte l'histoire d'une petite fille complètement perdue ; elle est plongée dans un monde d'adultes qui se déchirent, auquel elle ne comprend rien. Le génie de l'écrivain permet de montrer, à travers son personnage, sans ironie ni explicitation, ce qu'elle voit, ce qu'elle croit comprendre et ce qui est. C'est poignant.

Dans le film, Élise écoute son père et Natacha dans la chambre. Elle entend ce qu'une petite fille ne devrait pas entendre. Elle assiste à une scène qui pourrait être traumatisante. On la voit alors trouver comme ultime planche de salut un mot de vocabulaire inconnu qu'elle court chercher dans le dictionnaire. De ces relations auxquelles elle ne comprend rien, qui la menacent, qui la dépassent, elle prélève un mot qui lui est incompréhensible mais dont elle pourra avoir facilement la définition. Sa solitude, à ce moment-là, sa course jusqu'au dictionnaire me renvoient à la figure de cette petite Maisie, si bouleversante. Et à celle que j'étais sur ce tournage.

Le soulagement de l'explicite

Un peu plus tard, sur le quai de la gare, Emmanuel dit à sa belle-fille : « Les enfants assassins [...] je trouve ça très excitant. Alors ta mère, ou tu la tues ou tu lui fous la paix. Pour moi c'est pareil, ou tu me séduis vraiment, avec ce que tu as, à la loyale, ou tu me laisses tranquille. »

Natacha l'embrasse sur la bouche. Le train part. Élise à son père : « Tu aurais pu éviter le palot. » À dix ans, elle s'occupe du protocole incestueux, elle est l'arbitre des manigances, elle juge de ce qu'il faut faire ou ne pas faire. Palot... ce vieux mot qui vient clore une conversation perturbante, avec des enfants qui tuent, séduisent à la loyale, ne laissent pas tranquille et excitent le père. Comme la petite fille du film, je consulte toujours autant les dictionnaires. Palot : c'est une sorte de petite bêche utilisée dans les tourbières ou un pieu planté dans la terre.

Lors de ces scènes, je suis témoin, je reste à distance. J'écoute et je vois peu. Je n'en ai pas un mauvais souvenir. Sont-elles choquantes ? On ne peut pas dire que les relations troubles entre un beau-père et sa belle-fille soient un sujet totalement inattendu. Pourquoi ne pas l'évoquer au cinéma, dans ce cas ? Pourquoi ne pas faire le portrait d'un séducteur infantile, sournois et égocentrique qui manipule une jeune fille de quinze ans, sa belle-fille de surcroît ?

Je me rends bien compte qu'aujourd'hui cela résonne cruellement. Est-ce un problème ? Seulement dans la mesure où ce connard de beau-père (qui vient d'embrasser la poitrine de sa belle-fille mais laisse croire, peu de temps après, que c'est elle qui tente de le séduire) ne passe pas pour un sale type, mais pour un homme à la vie compliquée entre toutes ces femmes remuantes. Et encore, est-ce si criminel dans une fiction ? Dans *Orgueil et Préjugés*, de Jane Austen, j'adore Darcy, dont les mauvais côtés sont excessivement séduisants. Et je ne compte plus le nombre de salauds que j'aime dans la littérature, dans les films. On se perdrait à tenter de moraliser ce film. On peut le trouver daté. On peut le trouver tordu, mais ce n'est pas un crime.

Ce qui est terriblement grave, en réalité, c'est qu'au nom des principes misogynes qui traversent le film, dans la vraie vie la petite fille que j'étais, qui souffrait, est aussi passée pour une emmerdeuse hystérique qui compliquait la vie de trois hommes : Jacques, Sami, mon père. Cette grille d'interprétation ne s'est pas limitée à l'art : elle était là aussi sur le tournage, et j'en ai été victime.

On la retrouve d'ailleurs dans la manière dont Jacques a répondu, dans *Le Parisien*, aux accusations dont il a été l'objet au début de l'année 2024 : celles qui témoignaient étaient, au choix, jalouses, déçues ou menteuses. Quant à moi, dans cette interview, je passe pour quelqu'un de contradictoire : Jacques ressort de vieilles citations de derrière les fagots, mais aussi de plus récentes, pour montrer que je lui suis très reconnaissante, que je n'étais pas faite pour être actrice. C'est en partie vrai. Mais il n'a pas un mot pour les souffrances éprouvées durant le tournage, que j'ai racontées dans un entretien à *Libération*. Pas un. Qu'il soit innocent ou pas, je n'en sais pas grand-chose. Je remarque juste que sa manière de se plaindre des femmes ressemble énormément à celle du personnage du père dans *La Vie de famille*. Et je comprends qu'on a transformé ma souffrance réelle, mon désarroi d'enfant, en mauvaise manie féminine.

Personne, je crois, n'a été choqué par la scène entre Juliette Binoche et Sami à l'époque. Elle suscitait chez moi des sentiments ambivalents. Il y avait du dégoût, mais pas seulement. Cette scène me paraissait importante, car il me semblait qu'un film de ce genre devait comporter au moins un truc un peu émoustillant pour le spectateur ; comme j'étais dans l'incapacité de répondre à cette demande, il fallait bien recourir à ce type d'expédient et tourner cette scène avec une vraie jeune fille dotée de vrais seins. Voilà le type de cascade que je ne pouvais faire moi-même ; il a fallu trouver une doublure. J'espère que l'immense Juliette Binoche, après avoir reçu Césars, Palmes, Oscars, Ours et autres, me pardonnera cet accès de mégalomanie enfantine.

En fait, j'aimais bien que la dimension sexuelle de l'histoire soit ici explicite. Je me sentais déchargée d'un poids dont j'ignorais tout, d'un trouble qui ne me quittait pas : c'était la belle-fille, présentée comme consentante, même si c'était le contraire qui apparaissait à l'image, qui était alors dans les griffes du père. Pendant ce temps, moi, je restais une enfant.

L'étau se resserre

Le film devient maintenant un *road movie*. C'est sympa : je découvre l'Espagne, le Schweppes *naranja*, les tapas, les pesetas, Barcelone puis Madrid. Je me sens toujours et encore anxieuse, mais il est vrai que cela commence à ressembler à des vacances.

Les fiches de blagues de Dominique

Les fiches rédigées par Dominique retranscrivent tout le côté amusant du tournage. Je lui ai demandé il y a quelques mois s'il les avait toujours. Il me les a scannées et envoyées. Sa gentillesse et son attention sont aujourd'hui les mêmes qu'il y a quarante ans.

À côté des détails techniques (heure de prêt à tourner, adresse précise, recommandations d'itinéraire Michelin, avec numéros de cartes *ad hoc* (surtout les 86, 990 et 43) et de chambres d'hôtel (suite 718), il y a un côté potache, gotlibien, que j'adorais.

En relisant ces fiches que, petite, j'intitulais « fiches de blagues », j'ai eu peur d'avoir enjolivé leur charme. Absolument pas. Elles me plaisent toujours autant. Mieux, alors qu'il n'est pas toujours facile de me replonger dans ce souvenir lointain, leur douceur agit toujours.

Il n'y a pas un jour, ou presque, où Dominique ne me donnait pas un petit surnom : Mara boute-en-train, Mammichu, Mara d'hôtel, Maraschweppes, Maradomédusée, Maraminagoyet, Maravishnougoyavi, Mara d'eau douce, Mara Tonlaveur, Mara Goyaert… Sami, lui, n'en a jamais. Jacques, très peu : Jacinto Doillonos, Iago Shakespirion. J'attendais chaque jour avec impatience de savoir ce qu'il avait trouvé comme calembour ou blague. Aujourd'hui, je mesure à quel point cette humeur joyeuse, cette attention quotidienne, cette manière si douce de m'affubler de surnoms divers étaient pour moi une bouée de sauvetage. Je suis bouleversée par ce qui se lit entre les lignes de ces fiches si joliment présentées : un petit espace où une enfant restait une enfant, un regard tendre posé sur la petite fille que j'étais.

Dominique fait référence à ce qui se passe sur le tournage : ma peste bubonique ; la 504 décapotable, autre héroïne du film, qui semble souffrir et avoir besoin d'aller au garage ; les résultats des Jeux olympiques qui se tiennent à Los Angeles, que l'équipe regarde la nuit ; les mégots laissés par les techniciens, qui se font engueuler gentiment.

Il y a de fausses leçons d'espagnol. Des pots offerts par les uns ou les autres, des soirées foot, des parties de pétanque. Il reprend aussi des punchlines : j'avais prétendu que le patelin Alcolea del Pinar, situé entre Saragosse et Madrid, était le « village mental » de mon (vrai) père – je le traitais d'alcoolique, en somme. J'étais si fière que ça figure sur cette fiche. C'était un triomphe d'être sur le papier imprimé.

Dominique donne des titres alternatifs au film, pleins de jeux de mots et d'allusions culturelles que je devais décrypter : *Au thym, à la porte de l'avion* ; *La Vie de ma fille* ; *Si tu n'vas pas à la gare d'Aix* ; *La vie de famille est un vilain défaut* ; *La Vie telle au nid* ; *La Chevauchée élastique* ; *Une Narbonne histoire* ; *La vie de famille a quand même du bon* ; *L'Hybride sur le cou.*

Évidemment, pour trouver à quoi tout cela renvoyait, je devais demander de l'aide, je n'avais pas assez de culture. Mais j'apprenais : en somme, c'était un peu mes cahiers de vacances.

Ces feuilles quotidiennes me ramènent à des moments de tournage merveilleux. Dans une station-service, chacun avait lavé son jean avec le jet pour nettoyer les voitures. On se serait crus dans un western.

On voit aussi, dans ces fiches, que nous bossons énormément, que les horaires sont solides. Mais, de ça, je n'ai aucun mauvais souvenir. Ce n'est tellement pas le problème, à mes yeux. Je n'ai aucune récrimination d'ordre syndical à faire.

On the road

Depuis Aix-en-Provence, nous avons sans cesse roulé. Je découvre des paysages, des musées et des hôtels. La plupart du temps, nous tournons en extérieur. On quitte les confidences et les susurrements des chambres d'hôtel.

Nous nous arrêtons à Narbonne, où nous nous faisons dévorer par les moustiques. Puis nous faisons une pause dans les Pyrénées-Orientales, au Boulou, dont le nom, d'après les fiches de Dominique, nous amuse beaucoup : c'était censé être un oiseau de la famille des « doillonduberlu, dont la vie de famille est pleine d'imprévus et se caractérise par une errance et une économie de vie irrépressibles », à ne pas confondre avec le « goyetduberlu, dont l'ascèse de vie est fort différente ». Que voulait-il dire par là ? Que les Goyet étaient plus austères ? Sans doute.

Je me souviens très vaguement de la piscine de cet hôtel, le Néoulous, dans lequel nous avons passé quelques jours fin juillet. La fille de Jacques, mon amie Lola, était encore avec nous sur le tournage. Sami était très sympa avec elle ; je me sentais par conséquent moins aimable. Mais j'imaginais aussi que c'était une stratégie pour me rendre jalouse afin que je devienne plus sympathique à son égard. Il lui avait offert un cadeau, ainsi qu'à moi, justement près de la piscine : c'était une petite boîte en bois avec de tout petits dés à l'intérieur pour jouer au Yams.

J'avais aussi eu le sentiment que le cadeau de Lola était mieux que celui que j'avais reçu.

J'ai longtemps accordé une grande importance à cet objet : il incarnait et incarne toujours un geste amical de la part de Sami. Avec qui je ne discutais pas, que je ne voyais pas en dehors du plateau, avec qui c'était une interminable guerre froide.

Sur les fiches, je découvre que mon père aidait les assistants pour les repérages. Quand je tournais, il écrivait ou faisait autre chose. Il n'était pas avec moi, sur place, avec l'équipe. Mais toujours à proximité. Je ne me demandais pas ce qu'il faisait de ses journées. J'étais ailleurs.

Si mes souvenirs sont bons, nous sommes allés ensuite dans un hôtel qui était vraiment insupportable tant il y faisait chaud. Il était moche, lourd, austère, et je savais que Carole, elle, était logée dans un hôtel avec piscine (un Novotel ?). J'ai fait des pieds et des mains pour la rejoindre. Et j'ai passé du temps avec elle. Peut-être le temps d'un week-end. J'en ai un souvenir heureux. Et apaisant. Je crois que j'étais contente de partager le quotidien d'une femme. J'ai aussi en mémoire que mon père y avait vu une sorte de caprice, une exigence de princesse au petit pois qui ne peut supporter la chaleur. Avec le recul, je me dis qu'il était sans doute préférable que l'actrice dorme bien durant un tournage fatigant.

Cet hôtel horrible, c'était, je crois, le Pedro III. Il avait une architecture excessivement stalinienne.

Je tape son nom sur Google. Il est moins moche qu'à l'époque, moins sordide (et pourtant, ce devait être chic autrefois), mais toujours aussi déplaisant.

Nous voilà ensuite dans le parador de Sigüenza, un énorme château de sable médiéval qui m'éblouit et me ramène à quelque chose de très enfantin. Je suis dans un conte. Je me souviens d'avoir retrouvé alors un peu de complicité avec mon père, notamment à propos du Doncel de Sigüenza, dont le tombeau nous semblait hilarant et charmant. Nous aimions aussi beaucoup le mot « doncel » : un monsieur donzelle, en somme.

Là, nous tournons des scènes marrantes : le père et la fille doivent se promener dans la ville chacun de son côté pour faire un cadeau à l'autre. Je n'aime pas trop l'idée de devoir trouver un cadeau pour Sami/Emmanuel ; je n'ai pas envie de lui faire de cadeau. D'ailleurs, je ne lui en fais pas : il a droit à un certificat de « parentèle correcte ». Pas plus.

Le procès

Madrid

Nous arrivons aux alentours du 3 août à Madrid. Nous logeons dans un somptueux hôtel, le Wellington, où nous resterons jusqu'à notre départ. J'en ai un souvenir émerveillé tant il était luxueux. Aujourd'hui, à en croire Internet, il est encore très beau et tout aussi luxueux. Je tente de retrouver la « suite » dans laquelle se déroulait la dernière scène. La décoration, en quarante ans, a changé, mais dès que je pense dénicher des similitudes, je sens mon cœur palpiter et l'angoisse monter.

Il y avait la chambre, avec deux lits jumeaux, un salon et une salle de bains. C'est dans cette dernière que Jacques venait me prêter main-forte pour m'aider à pleurer lors des scènes extrêmement violentes que nous allions tourner. La suite était sombre, il y avait une lumière paisible, contrairement à la salle d'eau, carrelée, très éclairée. On aurait dit un laboratoire d'humaine vivisection dédié aux expériences sur des enfants vivants.

Contrairement au début du film, où je pleurais pour de vrai, là je ne pleurais plus. Enfin, je ne *repleurais* pas – puisqu'il s'agissait, le plus souvent, de rejouer les discussions véhémentes que nous avions eues mon (vrai) père et moi, la veille au soir, dans notre petite chambre, à l'occasion desquelles je pleurais abondamment. Sur le tournage, je ne me sentais pas de reverser ces larmes une seconde fois.

Comprenons-le : à ce stade du film, il ne s'agit plus de me piquer une expression par-ci ou une réflexion par-là, mais d'un pillage systématique, continu et sans vergogne de tout ce que je peux dire, sincèrement, hors champ, le plus souvent en larmes. Mon père discute, m'écoute : tout ce que je dis se retrouve dans les dialogues du lendemain.

C'est à pleurer, sans doute, mais cela ne me faisait verser aucune larme. Étais-je aguerrie ? Ou résignée ?

À Madrid, il y a aussi le Prado. Et tout spécialement cette œuvre qui ne me quittera jamais : la tête de chien de Goya que l'on voit à l'image, dans le film, dans un catalogue consacré au peintre. Ma main, qui n'a rien de potelé ni d'enfantin, glisse sur la page de ce gros livre, comme si elle le caressait. Dans le scénario de *La Vie de famille*, ce qui passionne le père, c'est le portrait de famille de Charles IV, c'est le petit prince, l'infant François de

Paule, peint entre ses parents. L'enfant fixe le spectateur. Moi, ce qui m'avait touchée, c'était ce chien, seul, triste. Voilà pourquoi je l'ai caressé sans doute, passant ma main sur la page.

J'ai eu longtemps la carte postale de ce tableau affichée dans ma chambre. Je l'avais achetée pendant le tournage. C'est encore aujourd'hui une œuvre que j'aime tendrement. Comme l'agneau de Zurbarán.

À l'époque, je me sentais un peu comme ce chien. Pas tout à fait comme l'agneau. Le sort du petit prince de la famille royale m'indifférait. Quant aux *Maja vestida* et *desnuda* de Goya, elles m'amusaient, à condition que l'on prononce le « j » de *maja* à la française. Dans le cas contraire, il y avait le risque paronymique d'une « Mara » de Goya. Ce qui me gênait énormément. Moi, j'étais le chien qui tentait de lever le museau afin d'avoir un peu d'air.

Un rite

Mon père et Jacques réécrivent donc le scénario au fil des jours en tenant compte des relations que Sami et moi entretenons. Dans cette affaire, il semble échapper à tout le monde que j'ai dix ans et lui presque cinquante, que nous ne sommes pas vraiment à égalité et que je n'ai pas son expérience. On nous renvoie dos à dos. Une sorte de consensus s'installe, tout est gelé. On travaille ensemble, c'est tout. Ce n'est pas plus mal.

Sur mon exemplaire du scénario, il est précisé que la fin n'est pas entièrement écrite :

Cette séquence reste encore inachevée. Jean-Louis[4] *doit poursuivre sa litanie, celle de ses demandes de pardon, obtenir d'Élise ces pardons. Mais pour y parvenir il doit d'abord amener Élise à l'accuser, à lui faire les reproches qu'il sait mériter. Pour cela il faut qu'Élise arrive à dire ce qui la fait souffrir, à sortir, comme au terme d'un rite d'initiation, de son silence enfantin pour exposer sa propre violence, sa vraie colère, celle que la peur et la prudence lui ont fait toujours dissimuler. C'est seulement une fois ces deux mouvements accomplis que Jean-Louis et Élise pourront trouver un peu de repos.*

Il ne s'agit pas d'un manque de temps ni d'imagination ; le projet est de s'appuyer le plus possible sur ce que serait, à la fin du tournage, la relation entre le père et la fille, mon père et sa fille, Sami et moi. Il y a donc eu préméditation.

Le terme de « rite d'initiation » n'est pas anodin : on pousse à bout l'enfant pour qu'elle sorte d'elle-même, qu'elle explose et s'expose. Ce rite touche non seulement le personnage, mais aussi l'enfant que j'étais. Le problème, qui n'avait pas été anticipé, c'est que le rite s'est terminé plus tôt que prévu :

ma violence, ma colère se sont exprimées, dans le désordre, dès le début ou presque. Déjouant ainsi les plans des apprentis sorciers du 7e art, qui, loin d'en être décontenancés, ont choisi d'en tirer parti. Comme dans la scène des miroirs de *La Dame de Shanghai*, d'Orson Welles, je me reflétais à l'infini, il y avait des effets secondaires, retard, des échos, des répliques. Il n'y avait pas d'issue possible.

Par « rite d'initiation », on peut entendre bien des choses. Il y a tant de références qui s'attachent à cette expression. Les jeunes spartiates, par exemple, qui traversent une série d'épreuves avant de devenir adultes. On peut aussi voir d'autres pistes, plus éloignées mais tout aussi pertinentes à mes yeux : peut-être un sacrifice. Comme celui d'Iphigénie, non pour obtenir des vents favorables, mais un beau film.

Réécriture

J'ai sous les yeux les pages du scénario qui ont été réécrites. Elles ne sont pas dactylographiées, mais manuscrites. C'est l'écriture de mon père. Elle est très nette, très jolie. Sur mon scénario, il y a l'écriture de Jacques, plus tourmentée et élégante.

En regardant ces feuilles jaunies conservées par Carole, que je viens donc de redécouvrir, je vois le stylo de mon père, un Ball Pentel à l'encre noire. Avec l'image de ces vieux stylos verts, c'est tout un univers qui revient : les carnets de mon père, son pull gris, ses cheveux, ses Boyards maïs. Sur le tournage, il lisait *La Conjuration des imbéciles*. J'avais commencé à le lire et j'avais trouvé ça drôle. J'étais pourtant, à l'époque, une enfant qui lisait très peu. Je le vois aussi récupérer sa chemise emballée dans du papier cristal, lavée et repassée par l'hôtel. Il a conservé, pendant des années, le vêtement dans son emballage.

En feuilletant le petit tas de papiers, je me prends à espérer, je ne sais pas pourquoi, tomber sur une faute d'orthographe, une erreur grammaticale ou une maladresse d'expression de sa part. Dans un premier temps, je me dis que c'est parce que je suis enseignante, que c'est un réflexe. En réalité, c'est parce que je veux me convaincre que mon père était si jeune (trente-quatre ans), si immature encore, que tout ce qui s'est passé lors de ce tournage ne peut qu'être mis sur le compte de sa jeunesse. Une faute de français serait une preuve supplémentaire de sa juvénilité.

Peut-être aussi, plus sournoisement, ai-je envie de le corriger, de prendre le dessus. Je ne suis pas animée par un esprit de revanche, loin de là. Mais je souhaite reprendre la main. N'est-ce pas, d'ailleurs, ce qui motive la rédaction de ce livre : le souhait de récupérer, par l'écriture et l'enquête, ce qui m'a été volé et de renvoyer à l'expéditeur ce qui m'a été prêté (comme sentiments, comme réactions) ? Même si c'est vain, trop tard : mon père est désormais aux abonnés absents[5]. Il est malade, atteint depuis des années par la maladie d'Alzheimer. Quant à Jacques, je m'en fous.

Sous la plume de mon père, les dialogues prennent un autre sens, plus douloureux que s'ils avaient été simplement écrits avec Jacques ou prononcés par Sami.

> *Je me faisais une fête de ce voyage. J'ai été bien déçu. Tu as été presque constamment fuyante, insaisissable, et tellement superficielle.*

Il y a peut-être une petite faute de ponctuation. Et encore, c'est discutable (la virgule avant un « et » se justifie sans doute ici). Il la refait deux pages plus loin. C'est un maigre trophée.

« Tellement superficielle ». Combien de fois mon père m'a dit cela. Il y a d'autres reproches qui me sont familiers :

> *avec toi tout tourne fatalement à des petits jeux, à des petites rigolades [...] on dirait une vieille fille timorée, mesquine... et égoïste [...] Tu n'as jamais l'air passionnée par quoi que ce soit.*

Ces dialogues se transforment en adresse personnelle à mon endroit. Même si, dans l'ensemble, bien des choses ne nous ressemblent pas dans ce film, ces reproches, ce mépris, ce couperet, je les ai vécus en vrai. Je les prends pour moi. Ils me sont adressés. Et je les reçois toujours avec culpabilité.

Mon père me manque aujourd'hui, me manque terriblement. Sur le tournage, il m'a manqué. Je veux dire par là qu'il a manqué à ses obligations paternelles (me consoler, me protéger). Des manques, des vacances, du vide : cette histoire est comme un trou dans ma vie.

Désormais, mon père ne peut plus écrire, plus parler ou presque. Il y a quelque chose de profondément dérisoire dans la quête que je mène. Quoi que je fasse, quoi que je dise, il ne peut plus me contredire. C'est tellement triste.

Mes scénarii

Dans *La Vie de famille,* le père et la fille tournent des petits films en vidéo dont elle a écrit les scénarii (elle insiste beaucoup sur ce pluriel). Ils sont écrits sur un petit carnet noir et blanc qui était à moi, que j'ai toujours. Il a considérablement jauni. J'en suis l'auteure. J'ai du mal à me rappeler dans quelles dispositions j'étais en les écrivant. Je ne pense pas m'être appliquée ni avoir beaucoup travaillé. Les textes sont assez étranges. Je crois qu'ils sont un peu inspirés, dans leur style, par les *Sept Histoires de souris*, d'Arnold Lobel, l'un des livres que j'ai préférés, toute petite. Le quatrième récit a été dicté par moi, mais écrit par mon père.

Le premier raconte l'histoire d'un homme amoureux d'une souris. Il se situe dans une « bourgade minable ». Il y a ensuite des crimes terribles (mort-aux-rats et sérum physiologique) : la femme du monsieur et le mari de la souris (un rat…), après avoir tué leurs conjoints respectifs, se mettent ensemble. On notera que le féminicide à coups de sérum est une idée un peu originale.

Le deuxième raconte l'histoire d'un homme qui terrorise les grands-mères et les copines de sa fille. Il se nomme « François » (ainsi appelait-on mon père à l'époque). La fille invite une copine chez elle, le père se gratte les pieds (sales) : la copine se barre en hurlant. La grand-mère, elle, découvre avec horreur que son fils a oublié de se laver les oreilles. Plus tard, il va au commissariat « en déclarant une perte de papiers. Les Flics lui disent "vous êtes arrêté pour braguette ouverte, 100 F par échelon ouvert" ». Il a un procès puis subit de la rééducation. Et possède désormais une petite ficelle pour apprendre « à remonter sa braguette ». Mais son bouton « pète » : « 1 000 balles ».

À la fin, « il décide de vivre peinard sur un bateau ».

Cette deuxième histoire a le mérite d'être transparente. Je reprochais, *cum grano salis*, à mon père de ne pas être un papa en costume-cravate et lui disais qu'il me faisait honte devant trois autorités compétentes : mes copines, ma grand-mère et la police. Avec ses orteils, ses oreilles et sa braguette. Puisque c'est dans le film, mon père ne l'a pas mal pris. Ça a même dû le faire marrer. Et cela devait être une forme de provocation de ma part, car je disais régulièrement que j'aurais voulu avoir des parents habillés en bourgeois, avec des mocassins ; pas un père avec une coiffure à la Jackson Five, des bottes, un vieux jean ; pas un père qui, selon un camarade de classe, ressemblait à Serge Gainsbourg (j'ai beaucoup pleuré, alors que mon père était très beau). Je l'adorais, j'étais très fière de lui, mais il me faisait aussi pas mal honte quand on sortait de notre milieu naturel.

La troisième histoire est aussi assez bizarre : c'est celle « d'un homme qui ne peut pas se passer de l'odeur de l'eau de Javel ». Un type s'installe en face d'une usine d'eau de Javel avec laquelle il se drogue. Des huissiers viennent chez lui – à l'époque, ça pouvait arriver notamment chez ceux (mais pas mes parents) qui ne payaient pas leurs « contredanses » en attendant l'amnistie de la prochaine élection « présidentielle ». C'est ensuite le gros bordel, il finit chez sa tante, meurt, sa tante dirige l'usine d'eau de Javel, car elle aussi a « repris le hobby » de son neveu. Elle consomme tellement d'eau de Javel que son usine fait faillite.

À ce stade, je crois qu'il faut laisser les psychanalystes travailler en paix sur ce court texte.

La quatrième : un jeune garçon voyage, il veut « venger son père qui est parti à la recherche d'un edelweiss sur cette route mais il n'est jamais revenu ». Il arrive sur un petit chemin marqué d'un panneau « Fin du monde ». Il disparaît et « on entendit “que c'est beau”, “quelle merveille” ».

Ce petit scénario-là est assez mélancolique. Il est très présent dans *La Vie de famille*. Carole m'a même donné récemment le panneau « Fin du monde » qui avait été fait pour le film.

Si l'on étudie ces quatre histoires, on peut tout de même trouver qu'elles ne brillent pas par leur optimisme ni leur féerie. Il n'y a pas de princesse, de belle histoire d'amour ni d'aventures incroyables. Elles sont assez sombres et tourmentées, alors que j'étais jusque-là une petite fille très joyeuse. C'était peut-être l'idée que je me faisais d'une histoire.

Néanmoins, en les lisant, je frôle l'auto-*gaslighting*. Et si, en vérité, c'était moi qui étais complètement timbrée, que j'avais imaginé des trucs délirants sur un tournage où tout était douceur, attention et téléfilm pour familles heureuses ? Cela me semble assez improbable.

Serait-ce un mélange des deux, la rencontre entre une enfant angoissée et un sujet angoissant ? C'est plus plausible. Peut-être qu'une enfant plus « conventionnelle », élevée dans un cadre moins original, moins en proie à des craintes diverses, aurait fait le boulot sans broncher.

Je suis en train de me tirer le tapis sous les pieds. En même temps, je ne fais pas de procès, je ne dénonce pas. Je ne fais pas un réquisitoire et je n'ai pas besoin d'un avocat des parties civiles. Le doute même participera de la justesse et de l'honnêteté de mon entreprise, de mon enquête.

Prenons les choses autrement : une enfant bien plus conventionnelle dans son imaginaire aurait-elle été embauchée pour faire ce film ? Non. Est-ce que ces craintes ne sont pas l'autre face de ma fantaisie enfantine ? J'en suis certaine. Ma bonne humeur a toujours été pleine de peurs.

Ce que j'en déduis surtout, c'est que le sujet du film a fait écho à des angoisses antérieures. Ce qui n'est pas surprenant, vu que mon père a coécrit le scénario. Cette anxiété préalable ne me semble pourtant pas tourner, pour bien des raisons que j'ai dites plus tôt, autour de l'inceste. Elle est davantage liée à ce que percevait une enfant née dans les années 1970 des jeunes adultes qui se libéraient, s'affranchissaient des normes, des bienséances, tout en les imposant à leurs enfants, dont ils dénonçaient par ailleurs le triste conformisme. Le thème de l'inceste, le sort qui m'était réservé dans le film comme sur le tournage ont fait exploser un cadre que je m'étais soigneusement construit, mais qui fuyait de toutes parts, notamment dans les quatre petites histoires que j'avais écrites.

Je ne me souviens pas d'y avoir mis toute mon âme quand je les ai rédigées. Mais le jugement qui est porté sur elles, dans et hors du film, est violent. Non seulement le père les débine et les ridiculise, mais il a fallu aussi que *Les Cahiers du cinéma* et Jacques participent à la curée :

> Emmanuel trouve « emmerdants » les petits films de sa fille, et il le lui dit. Crûment. Pourquoi ce rejet ? Pas tellement parce qu'Emmanuel est fantasque, très demandeur, et qu'il manie souvent le sarcasme sans en mesurer les conséquences. Pas tellement non plus parce que les petits scénarios étaient, c'est vrai, plutôt mauvais[6].

Évidemment, l'humiliation pour l'adulte que je suis devenue est cuisante. Mais ce passage est éclairant : qu'attendait-on d'un scénario d'une enfant de dix ans ? Quels auraient été les critères d'un bon texte ? En même temps, le critique a bien saisi le sujet ou le problème du film : s'intéresser à l'enfant sans le considérer, le filmer quand il est démuni, quand il dort. Dénigrer ce qu'il produit de manière délibérée, récupérer ce qu'il dit sans son consentement.

Pirates

Réécrire le scénario ne signifie pas qu'on se soucie de ménager les acteurs. Bien sûr, on tient compte des impossibilités (la proximité physique, la tendresse affichée sont devenues quasi impossibles en raison des relations entre Sami et moi), mais surtout on les exploite. Mon père évoque alors un « piratage biographique » qui a commencé bien avant le tournage, ce dernier n'étant que le « lieu du dernier vol ». Quand des journalistes lui demandent s'il « pense avoir eu un rapport de vol » à l'égard de son enfant, il répond : « Oui, bien sûr, c'était un espionnage constant. » Jacques ajoute que c'était assez « inconfortable » pour mon père et qu'à sa place « il ne serait pas fier ». Dans le dossier, on parle aussi de « travail de piratage psychologique ». Sami, lui, évoque dans les interviews un phénomène de « vampirisation ». On vous aspire l'âme, l'esprit, votre énergie pour s'en nourrir.

J'espère ne pas les avoir trop contrariés dans leur projet humaniste avec mes réticences d'enfant de dix ans.

Il faut croire que si. Jacques, en parlant de Sami et moi : « Ils ne nous ménageaient pas. »

Le procès

Les dernières scènes du film étaient qualifiées de « procès ». Conçues comme un « piège amoureux », elles se déroulaient dans la suite du Wellington, à Madrid. Le procès est l'aboutissement du film, sa résolution. Jacques dit : « [Les deux acteurs] savaient que dans cette chambre on ne leur ferait pas de cadeau. »

C'est le moins qu'on puisse dire. Nous étions comme des insectes dans un bocal. Impossible de reculer ou de s'évader. À partir de là, tout est encore plus confus. Notre vie se déverse dans le film, le film pourrit notre vie.

Je deviens donc l'auteure de la plupart de mes répliques sans pour autant en avoir écrit une seule. Le soir, après le tournage, mon père m'engueulait, je me défendais, pleurais. Il se mettait alors au travail : le lendemain matin, je devais jouer ce que j'avais dit la veille. Ce qui me contraignait un peu au silence ou à choisir mes mots, dans la mesure où j'allais ensuite les prononcer devant la caméra et qu'ils seraient figés pour l'éternité. Tout content, mon père expliquerait plus tard que « [cela lui] retirait d'ailleurs l'argument de la mauvaise foi du genre : un enfant ne peut pas dire ça. Parce que, si, elle venait de le dire deux heures avant ».

Il est difficile de ne pas être en colère en retombant aujourd'hui sur ces lignes bravaches.

Envie de mourir ?

« Tu me dis que je n'ai pas de passion mais si, j'en ai une. Tu crois qu'avoir envie de mourir ce n'est pas une passion ? »

Cette phrase, je l'ai dite pour de vrai à mon vrai père dans notre chambre d'hôtel. Bien souvent, il me reprochait de ne pas avoir de passion. Je ne parviens pas à me souvenir de sa réaction (il a peut-être discrètement attrapé une feuille et un crayon pour noter le bon mot). Je ne sais pas non plus si je croyais à ce que je disais, si je faisais ma Sarah Bernhardt ou si je préparais mes répliques pour le lendemain. En tout cas, je trouvais que ma phrase avait de la gueule, ça, je m'en souviens très bien. Me la faire redire le lendemain était d'un goût douteux. J'avais quand même évoqué mon envie de mourir.

Ce pillage constant me perturbait-il alors ? Pas totalement. J'avais même un petit orgueil à me retrouver « auteure ». C'est une place qui m'allait plutôt bien. Je gagnais en maîtrise.

Un rôle

Ces dernières scènes du film sont d'une grande violence. J'en garde un souvenir d'épuisement, de lourdeur, de brutalité. Mais aussi de contentement : à force de travail et d'expérience (relative), je jouais plutôt correctement désormais. J'avais même l'impression de ne plus avoir besoin de réfléchir, ça venait tout seul. Sur une photo de tournage, je suis assise à côté de Jacques sur un canapé. J'ai l'air sereine, souriante et attentive. On assiste à un moment de travail, un vrai moment de travail. J'ai aussi l'air bien plus vieille qu'au début du film.

Jouer m'était devenu assez naturel. Tant que cela ressemblait à du travail, ça me plaisait. J'étais contente. J'éprouve le même contentement, aujourd'hui, en classe avec mes élèves : j'ai le sentiment, après vingt-six ans d'expérience, d'être pratiquement capable de tout faire, de savoir répondre à la plupart des situations. De manière grandiloquente, je qualifie cet état de « virtuose ». Eh bien, tout à la fin du film, j'ai éprouvé ça et j'ai adoré. Je ne dis pas que j'étais géniale ni extraordinaire, je suis mal placée pour en juger. Ce que je tente d'expliquer, c'est qu'à ce moment-là du tournage, on dit « moteur » et j'y vais la fleur au fusil, spontanément et presque légèrement. C'est devenu un boulot, un savoir-faire. Appris dans la souffrance.

Pour la première fois, même, j'ai du mal à pleurer, alors que ce que nous jouons est terrible, furieux, grave et mouvementé. Jacques me dit de penser à la mort de mes parents, ça ne marche pas (je suis un monstre). Il menace alors de rajouter des « scènes sentimentales ». C'est ainsi que j'ai nommé les scènes que je refuse de jouer. « Sentimental » est chez moi un euphémisme pour « sexuel ». Je le sais très bien. Je ne sais pas si Jacques ou mon père le savent. En tout cas, je ne vois pas comment le leur dire. Aujourd'hui, je comprends que la perversion est de leur côté. Complètement.

Dénouer

Passé ce moment de crise, dans le film le père et sa fille vont se coucher. Le père dénoue la ceinture de la robe d'Élise, en descend la fermeture Éclair. Sa fille, pour l'aider, remonte ses cheveux sur sa nuque : à ce moment, je suis filmée comme une femme. Voilà résumée toute l'histoire de *La Vie de famille*. Je continue de trouver ça beau à l'image. Mais ce que cela suggère est, dans le fond, terrifiant. Tout pourrait basculer.

Je suis ensuite de nouveau en culotte dans mon lit, mais il s'agit là, pour le coup, de lits jumeaux, et je m'en fous. En plus, le dialogue porte sur une histoire de coquillettes, aliment sacré à mes yeux, hier comme aujourd'hui, à condition d'être accompagné de sauce tomate en tube.

À l'époque, ce qui me choque tout particulièrement dans cette séquence, qui vient après des moments de crise ultimes, c'est que le père demande à sa fille de s'endormir après lui. Je suis sidérée que l'on puisse demander à son enfant un truc pareil. Ça me semble dangereux, une inversion de toutes les valeurs, un acte grave. Quand je vivais chez mes parents, mon père s'est toujours couché plus tard que moi et a été présent lors de tous mes petits déjeuners. C'était vraiment important, pour lui comme pour moi. Cette demande faite par le père, qui arrive à la toute fin du film, m'a terriblement heurtée. J'en ai conçu un mépris immense pour le personnage.

Les derniers moments du tournage arrivent enfin : il s'est terminé comme ça, net, sans cérémonie. J'ai continué à me faire engueuler par mon père pendant le reste des vacances. J'avais l'impression d'avoir merdé, d'avoir tout gâché. Jacques a écrit qu'il voudrait que je me souvienne de ce film comme d'un moment de vacances. Je crains que ce ne soit pas le cas.

La sortie

Février 1985

Nous sommes un mercredi du mois de février, en 1985. Je suis en classe de 6e. Je suis invitée au « 13 heures » de TF1 pour présenter, en compagnie de Sami Frey, *La Vie de famille*, de Jacques Doillon, que nous avons tourné l'été précédent. Le film sort le jour même.

Je dois louper une ou deux heures de cours le matin pour aller à la télévision. Je déteste ça.

Revoir Sami

À cette occasion, je dois retrouver Sami, que j'ai vu pour la dernière fois à Madrid. Depuis, il incarne à mes yeux chaque problème et chaque difficulté rencontrés sur le tournage. Je le détestais sur le moment. Et je l'ai détesté ensuite. Je n'arrive toujours pas à voir un film dans lequel il joue. Quand je me rends dans ce qui était, à l'époque, son quartier à Paris, et qui l'est peut-être encore, j'ai peur de le rencontrer.

C'était plus simple de m'en prendre à lui que d'en vouloir à mon père, qui me laissait me noyer dans ce tournage plein de confusion et de tensions, ou à Jacques, qui m'avait « élue » pour jouer dans son film. Il n'y avait pas eu de casting ni d'autres enfants en lice pour ce rôle. C'était un cadeau.

Sami a-t-il eu des torts ? Peut-être celui d'avoir oublié que j'étais une enfant qui se débattait, et pas une « actrice ». De ne pas avoir vu que c'était le film qui était problématique, et pas mon caractère. Et de n'avoir pas imaginé ou proposé qu'on puisse être tous les deux solidaires dans ce bordel. Ça aurait peut-être tout changé, on aurait fait front et on les aurait bien eus. Au détriment du film ?

Ma détestation de Sami ne m'est pas venue spontanément. Elle a été sciemment ourdie. Ou provoquée par des maladresses. Commençons par elles.

Quand on a su que j'allais jouer dans un film avec Sami, les femmes de mon entourage sont devenues extatiques. Pour faire court, elles le trouvaient monstrueusement séduisant, troublant, beau comme un dieu, chaud. Coucher avec lui avait été leur rêve de jeunesse. En somme, elles me disaient qu'elles étaient jalouses de moi. En revoyant les images aujourd'hui, je mesure enfin à quel point Sami était fabuleusement beau. Je suis désormais plus âgée que lui dans le film ; il a fallu que ce soit le cas pour que je m'en rende compte. Mais qu'il est beau !

À dix ans, je ne partageais pas cet enthousiasme libidineux collectif, qui ne m'a pas aidée à trouver Sami tout à fait paternel. En même temps, si l'un de mes enfants travaillait avec Brad Pitt, saurais-je me tenir ? Enfin, j'aurais préféré un acteur qui n'excite pas la plupart des femmes, un père de famille un peu neutre, pas tourmenté, plein de bonhomie.

Avant le tournage, une rencontre a été organisée dans un restaurant indien des Champs-Élysées, l'Annapurna. Quel beau nom prémonitoire : l'Himalaya, l'altitude, les sommets. Le meilleur comme le pire en matière d'ascension, de souffrance, de gloire et de danger. Pas de nez ni de doigts gelés, heureusement, mais un certain manque d'oxygène. Lors de ce repas, je me souviens que je m'étais emmerdée et que je ne me sentais pas à l'aise. Depuis, alors que je suis une omnivore forcenée, je n'aime pas la nourriture indienne. Ça n'a peut-être aucun rapport.

Ce dîner était bien loin des charmants moments passés en compagnie de Jacques auparavant. Dans un salon de thé, près de mon école, où nous étions allés (je pense qu'il me testait), j'avais été au meilleur de ma forme. J'avais imité ma grand-mère plus qu'aimée en train de manger avec une élégance bourgeoise ses craquottes du matin et sa demi-pomme (dix ans, et déjà tu sacrifies ta famille pour obtenir un rôle).

J'ai aussi un souvenir marrant, plus ancien : je faisais – je ne sais pas pourquoi, car j'étais bien trop jeune pour le rôle et qu'il était déjà dévolu à Laure Marsac – des essais avec Philippe Léotard pour un film tourné en 1983, *La Pirate*. Je m'étais super bien entendue avec lui. Il avait parié 100 francs que j'aurais trop peur d'aller acheter de l'alcool avec lui. J'avais trouvé ça drôle et j'avais eu 100 francs. Avec le recul, je trouve ça un peu bizarre, cette histoire. Mais elle me laisse croire que j'étais super en forme, pas trop bégueule, et que je me sentais plus à l'aise avec un mec bourré qu'avec un homme sublimement beau.

Sur le tournage, Sami n'était pas très apprécié. Certains se foutaient clairement de sa gueule. Et ne loupaient pas une occasion d'aggraver, à dessein, mes réticences. Il était question de la teinture de ses cheveux (je n'avais pas encore la référence « Dirk Bogarde à la fin de *Mort à Venise* »), de ses fausses dents, des gouttes qu'il se mettait dans les yeux pour pleurer (une sorte de Viagra sentimental, en somme). Sami faisait du vélo sur la montagne Sainte-Victoire, ce qui était tout à fait charmant : on me laissait penser qu'il était une sorte de Bernard Hinault mis en beauté par L'Oréal. Un blaireau, quoi. On m'expliquait aussi qu'il ne savait pas y faire parce qu'il n'avait pas d'enfant et que, par conséquent, il me traitait comme une femme. Tout pour me rassurer.

Voilà donc comment Sami Frey a fini, pour moi, par cristalliser toutes les angoisses ressenties pendant le tournage, mon malaise. Il m'a aussi permis de disculper Jacques et mon père. C'est très injuste.

J'ai beau le comprendre aujourd'hui, je ne parviens pas à surmonter mes appréhensions le concernant.

Évocations d'Ewok

Me voilà donc, ce mercredi de février 1985, assise sur le plateau à côté de Sami. Je superpose chaque doigt de ma main sur le suivant. Je me souviens de ce geste, réfléchi : je veux faire un truc étrange, je souhaite attirer l'attention là-dessus, donc la détourner. Je désire aussi être « mauvaise » ; aujourd'hui, on dirait un « mauvais client ». Je m'efforce de donner l'image décevante d'une enfant banale, craintive, terrifiée par la pompe du 13 heures.

Au fond de moi, je ne le suis pas. C'est un rôle de composition. Cela n'a rien à voir avec un sabotage. Je veux juste ne pas avoir l'air d'une actrice, d'une enfant de la balle. Je suis Cosette sortie du ruisseau et qui n'a pas les mots. J'ai d'ordinaire un sens de la repartie que je prends bien soin, là, d'étouffer. C'est le souvenir que j'en ai maintenant, mais je me demande si c'était à ce point délibéré de ma part.

C'est mon arrière-grand-mère qui, avec l'aide de ma grand-mère, avait cousu la robe que je portais alors. Avec ma mère, nous avions imaginé du velours rouge, plus théâtral. Cela n'avait pas été possible. C'était du simple coton. Je n'aimais pas cette robe.

Tout marche comme prévu, je suis une enfant normale qui n'a pas sa place sur ce plateau. Au point que la coprésentatrice du journal, Marie-Laure Augry, alors enceinte, m'offre en direct une grande peluche d'Ewok (le film *L'Aventure des Ewoks* est sorti la semaine précédente). Dans un premier temps, Mourousi lui avait donné la bête pour son futur bébé ; elle a sans doute pensé que ce n'était pas gentil pour moi et me l'a donnée. Me voilà avec Sami à mes côtés et la peluche dans les bras : j'ai tellement honte. Je quitte le plateau mortifiée : j'ai été publiquement traitée comme un bébé. Je ne sais plus où est cet Ewok. Sans doute serait-il collector aujourd'hui et pourrait faire ma fortune, c'est dommage.

Bien plus tard, j'ai recroisé Marie-Laure Augry dans la rue, près de là où j'enseigne. Je lui ai parlé. Enfin, je crois. En tout cas, je sais que j'ai voulu lui parler. Comme si cette histoire d'Ewok, de peluche, avait un sens ou une importance. Comme si ce don avait une portée symbolique : on m'avait remise à ma place d'enfant. De manière cuisante, mais aussi un peu féerique, elle me donnait un cadeau magique qui me ramenait chez ces cons d'Ewoks, avec leur démarche débile, au pays des enfants, des rires et des chants. Plus gnangnan, ce n'était pas possible… Pourtant, je l'en remercie profondément. Elle m'avait vue comme une petite fille qui aimait les peluches. Ce n'était pas moi, mais c'était néanmoins salutaire, quand bien même j'ai mis quarante ans à le comprendre. Une petite fille, ça aime jouer avec des gros ours inanimés, pas avec ses sentiments et un acteur en chair et en os, distant, officiellement séduisant et totalement inconnu.

Une fois l'émission terminée, je peux reprendre une vie normale. J'ai fait le plus difficile : revoir Sami. Je ne l'ai jamais revu depuis. Ce n'est pas tout à fait terminé, cependant. J'ai encore des interviews, des projections, des séances de photos. D'un bout à l'autre de cette promotion, je me sens fade. Je m'en souviens d'autant mieux que cela me reprend souvent dans des fêtes, des réunions, des repas. C'est une forme de timidité qui tient aussi de l'autotorpillage : il faut « rentrer » en soi, ne pas dépasser, être grise. J'en conçois toujours une sorte de détresse et de soulagement : je n'ai pas pris de risque. Le risque de me « lancer ».

Je suis ensuite invitée dans une émission avec des enfants « stars ». Il y a une petite fille qui tient le rôle d'Émilie Jolie et un champion de vélo cross. J'ai des bottes un peu santiags, un jean et un pull moche, je me sens ringarde et pas à ma place. C'est particulièrement étrange et inexplicable, parce que j'avais des habits plutôt jolis à l'époque. Mais je ne les mettais pas pour ces occasions. On dirait de l'auto-sabotage. Si, parfois, j'ai été contente de participer à des émissions (en ai-je fait tant que ça, d'ailleurs ?), celle sur les enfants stars m'a laissé un souvenir désagréable.

Y participer me semblait relever de l'imposture : j'ai tourné dans un film et ça ne s'est pas bien passé. Je ne suis pas un « talent ». Et je ne veux pas en être un. Je veux juste avoir de bons résultats à l'école. Rien ne doit interférer. Mon père me l'a demandé.

Au collège

Jusqu'ici, j'ai été une bonne élève. J'ai eu une scolarité tranquille, mis à part une année lamentable : j'avais « sauté » le CP et j'ai ensuite redoublé mon CE1. L'institutrice était horrible, méchante, j'ai perdu tous mes moyens et je me suis noyée. Bizarrement, j'associe le désarroi de ce premier CE1 à celui que j'ai ressenti lors du tournage. Ainsi qu'à d'autres moments de ma vie. Quand je me suis débattue sans pouvoir comprendre ni trouver de l'aide. Quand je me suis sentie très seule face à une épreuve difficile.

Après le tournage du film, j'entre en 6e, et j'ai le sentiment qu'il se joue au collège quelque chose de crucial. Si je n'ai pas de bons résultats, cela voudra dire que je suis une enfant du cinéma qui se la pète, se repose sur un potentiel talent, ne fera pas une hypokhâgne comme ses parents, sera inculte. Cette perspective m'effraie, et mon père l'agite comme une menace. Il a même parlé, une fois, une seule, de « pension ». Il m'a fait penser au père du Petit

Nicolas, qui disait à son fils qu'il finirait au bagne. Cette menace, ce n'était tellement pas lui. C'était tellement décalé, *old school*. Mais significatif d'une chose essentielle : on m'avait poussée à jouer dans un film, puis on me le reprochait. On m'avait exposée, puis on me disait d'en avoir honte. C'était une habitude familiale : combien de fois me suis-je fait engueuler par mon père dans la voiture, en rentrant de telle ou telle soirée, parce que j'avais accaparé l'attention ou pris trop de place ? Je pensais avoir été drôle mais, inévitablement, le couperet paternel tombait à peine avions-nous claqué les portières.

Ce mouvement de balancier ne me quitte plus : aujourd'hui encore, quand je vais dîner chez des gens, le lendemain matin je me réveille la plupart du temps en me sentant coupable. J'ai trop parlé, j'en ai trop fait. Je suis mortifiée. Je suis irrésistiblement attirée par le frisson de l'exposition tout en m'en repentant aussitôt.

Je m'efforce donc, à l'époque, d'être le plus scolaire possible. Je bannis mes côtés marrants, vivants, originaux, parce qu'ils semblent incompatibles avec la réussite. Je m'éteins le plus possible. Aujourd'hui, je vois ça comme un acte délibéré, mais j'ai quelques doutes. Est-ce une relecture *a posteriori* ?

Au collège, je ne veux pas parler du film. En même temps, j'espère que mes professeurs vont évoquer le sujet. La reconnaissance des enseignants, ça a toujours été mon « moteur ». Pas un mot de leur part. On trouve pourtant l'affiche du film à trois rues du collège. S'ils ne m'en parlent pas, c'est que cela doit être honteux. L'école est un lieu pur qui ne doit en aucun cas être mêlé à des activités extérieures profanes. Encore aujourd'hui, j'ai souvent le sentiment qu'écrire, publier, chroniquer, dévalue la qualité et l'authenticité de mon enseignement, qu'il faut à tout prix éviter d'en parler au collège.

Dans la cour, cette histoire de film commence à se savoir. J'ai soudain plein d'amis, mais je sens qu'on m'attend au tournant : si je merde, on dira que c'est parce que je suis prétentieuse, que je me crois tout permis. Je dois filer droit, raser les murs. Et j'ai bien raison, parce qu'après une petite parenthèse populaire je retombe dans la grisaille. Non pas que je devienne sinistre ni triste. Simplement, ma vitalité est entamée.

Ailleurs

Les critiques, dans les journaux, sont la plupart du temps dithyrambiques. L'une d'elles me touche tout particulièrement. *Libé* a titré l'article consacré au film : « Dans *La Vie de famille*, Élise, dix ans (géniale Mara Goyet), entraîne son père dans un piège cruel ».

Cet éloge de *Libé*, c'est la gloire absolue pour moi. J'adore ce journal, parce qu'il raconte des faits divers géniaux que je recopie dans un carnet. Je l'aime aussi et surtout parce qu'il y a les rubriques « Taulard » et « Chéries », qui me fascinent. En plus, à une époque où je suis mitterrandiste avec déjà des petites atteintes de centrisme (ma grand-mère avait milité pour Michel Jobert), je suis honorée qu'un journal de gauche me trouve « géniale » quand je sens bien que je n'arrive pas à être aussi de gauche que d'autres membres de ma famille. Les enfants de ma génération, surtout quand ils avaient des parents de gauche, marqués par Mai 68, baignaient dans la politique comme dans les vapeurs de l'émission *Droit de réponse*, présentée par Michel Polac.

Qu'on dise du bien de mon travail, je m'en fous complètement. Je n'ai pas la prétention d'être une bonne actrice. En revanche, la reconnaissance de la gauche, c'est merveilleux. C'est encore une autre quête infantile dans ma vie : que la gauche m'apprécie. Tout se passe comme si j'avais une forme de dysphorie politique : l'impression d'être un peu de droite dans un corps de gauche, ou l'inverse. C'est une longue histoire. En tout cas, être aimée par *Libé*, cela a toujours été très important pour moi. Aujourd'hui encore. Ça veut dire que mes parents et leurs amis vont être fiers de la petite Mara.

Dans mon entourage, l'atmosphère est un peu différente. Mes grands-parents semblent perplexes en sortant d'une projection. À onze ans, je suis ennuyée, je me dis qu'ils ont été gênés par les gros mots, les allusions sexuelles, les seins nus de Juliette Binoche, ainsi que par l'évocation sarcastique et rapide de leur voisin à Saint-Benoît-sur-Loire, M. Coué, au détour d'une réplique. J'ai peur de les décevoir. Vont-ils découvrir une facette de moi obscène ? Que je suis une enfant de forains ? Une romanichelle ? (Je passe un temps considérable en 1984, l'année où *Carmen*, tombé dans le domaine public, est adapté trois fois au cinéma, à me prendre pour cette héroïne avec ma jupe à volants.) Je me rassure en me disant que mes bulletins plaideront en ma faveur.

Le principe de la fiction

Bien des adultes qui ne travaillent ni dans le cinéma ni dans la culture me demandent fréquemment si je ne suis pas traumatisée par ce que j'ai dû faire, si je vais bien. Ça m'exaspère qu'on me croie assez bête pour tout confondre. J'ai compris ce qu'étaient la fiction et son principe. Je me souviens du petit garçon déguisé en Superman qui, quelques années plus tôt, a sauté par la fenêtre et s'est tué. C'est clair, cette petite fille du film, c'est un personnage que je joue. Même si elle a mes habits, ma voix, mes goûts, mes mots, mes phrases, mon caractère… Bref, ce n'est pas moi. Enfin…

En tout cas, Sami Frey, lui, est un acteur, ce n'est pas mon père. Ce dernier n'aurait jamais parlé, comme dans le film, de mes « seins », ne m'aurait pas traitée de « futur conne », n'aurait pas loué ma « robe de pétroleuse », etc. Mon père, le vrai, aurait au contraire aimé que je sois un Lapon ou un trappeur dans un roman d'aventures, un mousse sur un bateau. Si le personnage (Emmanuel joué par Sami) lui ressemble un peu, c'est dans sa manière de mépriser les goûts et les amusements de son enfant, de lui reprocher d'être superficielle, de crétiniser. Ça, c'est lui. En même temps, il était le premier à regarder des conneries avec moi. Je me souviens d'heures passées à rire ensemble devant la télé.

Certains me disent, à l'époque, qu'ils n'auraient jamais laissé leur enfant jouer un truc pareil : je suis indignée. Je ne suis pas non plus une « femme de mauvaise vie », il ne faut pas exagérer. Je me braque ou fanfaronne quand on s'inquiète pour moi. J'ai même un peu de dédain pour cette psychologisation de bas étage. Je vais très bien. Je suis scolaire. Appliquée. Je maîtrise totalement la situation. Rien ne m'est « monté à la tête ». Je ne « m'y crois pas ». Je ne me drogue pas et ne me droguerai jamais. (Au lycée, un médecin scolaire, après avoir vu sur ma fiche que mes parents travaillaient dans le cinéma, m'avait demandé si je consommais des stupéfiants. J'en avais été meurtrie : tous mes efforts pour être une bonne élève étaient anéantis ; j'étais ramenée au cliché d'enfant du cinéma.)

Exposer, condamner

Il y a cependant plusieurs choses qui me chiffonnent grandement après le tournage. Que ma mère, qui est monteuse, n'ait pas monté le film. Si elle avait été de l'équipe, cela aurait été parfait. Familial. Peut-être que j'aurais voulu qu'elle soigne ainsi ce qui avait été blessé chez moi. Je ne me souviens pas de sa réaction quand elle a vu le film pour la première fois.

Cela m'ennuie aussi que mon père ait encore l'air fâché de la manière dont je me suis conduite pendant le tournage et me le reproche sans cesse. Pendant les semaines qui suivent cette aventure, les reproches pleuvent. Au moindre écart, il remet sur le tapis ce que j'ai, selon lui, mal fait durant le tournage. Comme si jouer dans ce film avait été à la fois un honneur, un passe-droit, une faveur et un crime.

D'ailleurs, on dirait qu'il est presque mécontent que j'aie tourné. Or je n'ai rien demandé. On me l'a proposé. J'ai dit oui, sans effusion. Il y a dans ses reproches des injonctions contradictoires : je n'ai pas été une actrice professionnelle et je ne dois pas me prendre pour une actrice. Jacques Doillon, lui, ne s'intéresse plus trop à moi : j'avais pourtant cru que cette aventure créerait une forme de complicité entre nous, et ça me rend triste. Mes notes, enfin, sont bonnes, mais pas exceptionnelles. Après une vaste carrière de chouchoute, je n'intéresse plus les profs. Cela va durer deux ans. Ensuite, la disgrâce s'estompera.

En grande partie grâce à mon père : il m'apprend et me raconte tant de choses. Il me fait lire *La Comédie humaine* à haute voix avec un petit carnet de vocabulaire à portée de main (le « répertoire » que l'on utilisait lors de cette longue lecture de Balzac avait, lui aussi, joué dans le film : au cours de la scène assez joyeuse de l'école, il était dérobé par le père). Voilà de quoi susciter de l'intérêt chez mes professeurs. La parenthèse cinématographique est oubliée. Je suis à l'école pour de bon. Sans soupçon ni hésitation.

Les pièces à conviction

Il y a une quinzaine d'années, juste avant de tomber gravement malade, mon père m'a donné une grosse enveloppe contenant tous les documents qui ont accompagné la sortie de *La Vie de famille*. Je ne sais pas pourquoi il a choisi ce moment-là. Nous n'en avons pas parlé. Cela aurait pu être plus tôt ou jamais. À l'époque, j'ai distraitement regardé son contenu. Je me suis réjouie encore de la critique de *Libération* (j'ai connu des excès de centrisme depuis que j'ai le droit de vote).

Je le relis maintenant. Soudain, l'enveloppe avec ses pochettes plastifiées qui contiennent toutes les critiques soigneusement découpées me semble être un gros dossier comme ceux que l'on voit lors des procès. Je me demande si mon père les a relues. Ce qu'il en a pensé. Il a toujours tenu son journal : je ne me sens pas le droit ni la force d'aller y jeter un coup d'œil. Sans doute n'est-ce pas plus mal : dans cette affaire je me dois, aujourd'hui, d'être autonome. Il est impératif de me recentrer sur ce que j'ai perçu, vécu, et de sortir du récit paternel.

Le dossier de presse commence par une interview à trois voix : mon père, Jacques Doillon et moi. Pour une raison que j'ignorais et que j'ignore toujours, c'est mon père qui a rédigé, sans m'en parler, mes réponses. Je me dis qu'il a voulu faire vite, que c'était plus pratique. Mais quelle honte n'ai-je pas éprouvée alors !

On dirait, à « me » lire, que j'ai sept ans. Mon père me connaît par cœur : comment peut-il écrire des choses aussi à côté de la plaque ? Je suis incapable de lui en vouloir : il est une autorité morale et de toute évidence un père extraordinaire. Mais enfin, laisser croire que j'ai trouvé le tournage difficile parce que c'était compliqué d'avoir trois pères (Sami, Jacques et lui) et que j'avais tendance à tout mélanger, c'est limite insultant.

C'est pourtant Jacques et lui qui ont, par exemple, fait les petits fous et créé de la confusion avec les prénoms, comme je l'ai expliqué plus haut, pas moi.

D'ailleurs, dans des propos recueillis, le cinéaste s'emmêle les pinceaux : « Les mots, ça ne sert pas à être pédant, ça sert à s'exprimer. C'est ce qu'Emmanuel veut donner à Mara et ça l'intéresse, elle aussi[7]. »

Par Emmanuel, il entend Sami Frey, qui joue le père d'Élise (incarnée par moi). Dans le film, le personnage nommé Mara n'a rien à voir avec moi. C'est celui de la belle-mère d'Élise (moi !), dont le rôle est tenu par Juliet Berto (qui joue Mara qui n'est pas moi, enfin, si, dans la vraie vie). Bref, Jacques aurait dû dire : « C'est ce qu'Emmanuel veut donner à Élise. » Simple, non ? Pour moi, en apparence, sur le tournage, ça l'était.

Me faire dire que jouer dans un film était plus difficile que prévu parce que c'était du travail, pas un jeu, c'est quand même une manière pénible d'enjoliver une expérience violente, dure : « Mara s'est vite aperçue que jouer la comédie était chose bien difficile et demandait de s'engager beaucoup plus sérieusement que dans un simple jeu[8]. »

En effet – même si je pense l'avoir compris bien avant de tourner dans un film. Dans une interview, mon père dit : « Elle s'est aperçue que le cinéma était du travail, que c'était compliqué et qu'elle ne pouvait pas refiler de la camelote comme ça, sans se mouiller. Elle a pris un petit coup de vieux[9]… »

À l'entendre, on dirait que je suis une fille de milliardaires qui, par caprice, a exigé que l'on tourne un film avec elle avant de s'apercevoir que ce n'était pas qu'un amusement. À quel moment ai-je souhaité refiler de la camelote ? Quand ai-je tenté d'arnaquer quiconque ? Comment peut-il constater aussi tranquillement que j'ai pris un « petit coup de vieux » à dix ans ? Et pourquoi pas un « cela lui a servi de leçon » ?

D'ailleurs, le travail, m'engager, c'est ce que j'ai préféré dans cette histoire. J'ai bien aimé progresser : au début, je joue comme un porc, récitant mon texte avec des bras ballants de singe. À la fin, c'est fluide, naturel et bon. De ça, j'étais contente et fière. Alors, qu'on parle à ma place, me fasse passer pour une branleuse qui n'a pas aimé fournir des efforts, qui se croyait en vacances, c'est inacceptable et ça me rend furieuse.

Ce que disent Jacques et mon père dans le reste du dossier est tout aussi consternant. Je n'avais probablement pas encore ces concepts en tête à onze ans, mais, à le lire maintenant, je découvre un traité de vampirisation et de manipulation assumées. De l'Art, en quelque sorte, et du grand.

Ce dossier de presse m'apparaît désormais comme un petit tas de preuves et d'indices. Quant à discerner si je suis victime, et de quoi, c'est difficile. Je suis trop enjouée pour croire une seconde que j'aie été blessée enfant. Je connais la théorie du clown triste (ainsi que les horribles tapisseries qui le représentent), celle de la politesse du désespoir. Cela ne me correspond absolument pas. Je me sens si vivante que je ne parviens pas une seconde à être triste pour moi-même. Y compris quand j'étais enfant. Je me tiens davantage, dans l'existence, du côté des culpabilisés chroniques que des culpabilisateurs. J'imagine que c'était pareil à l'époque.

Pour une fois, je n'essaie pas de donner le change, mais ai-je seulement quelque chose à donner en échange ? Pour être sincèrement choquée, peinée ou troublée, je dois imaginer des enfants que j'adore à la place de la petite fille que j'étais. Ça marche. Ça fonctionne aussi, d'ailleurs, avec des enfants que je n'adore pas.

La responsabilité de l'enfant

Si je veux être fidèle à mes souvenirs, je ne pense pas avoir une seule fois prononcé le terme « inceste » ni l'avoir entendu pendant le tournage. Je ne me posais pas la question du consentement, du viol, de l'abus. L'ampleur de ma résistance prouve en tout cas que je sentais que l'on parlait d'un peu plus que de relations conflictuelles entre un père et sa fille. Aujourd'hui, on dirait du père que c'est un pervers narcissique : il séduit puis détruit. Il est d'un mépris total pour tout le monde, souligne la médiocrité de chacun, de manière excessivement dégradante. On dirait aussi qu'il impose un climat incestuel à son enfant, qui résiste.

Un « nouveau papa »

Les critiques de l'époque ne semblent pas avoir été spécialement offusqués par le personnage du père. Certes, dans *Libération*, on remarque sa violence insupportable, mais c'est parce qu'il a un caractère de cochon, que c'est un emmerdeur. Il est brutal, il dit des choses qu'on ne dit pas à un enfant, mais c'est le revers de sa franchise.

Dans *Le Cinématographe*, le père est qualifié d'exigeant, « presque tortionnaire ». Dans la mesure où ce n'est que la rançon d'un « apprentissage rousseauiste complètement à contre-courant des méthodes d'éducation d'aujourd'hui », il n'y a pas lieu de s'en offusquer.

Voici d'autres critiques :

« Dans un univers de femmes, meurtri par un amour et une tendresse tus et frustrés, Emmanuel profitera d'occasions opportunes pour ravir Élise et accomplir en sa compagnie un voyage en douce [...][10]. »

« Ce père-enfant capricieux et charmeur, qui veut qu'on joue, qu'on rêve, qu'on s'aime quand il en a envie, n'a pas forcément choisi le bon moment pour son grand moment[11]. »

Dans *L'Hebdo Cinéma*, à la sortie du film, on soutient un « nouveau papa » qui peine à être à la hauteur :

« Il faut les affronter, ces enfants plus ou moins prodigues d'aujourd'hui, prêts à vous enfoncer dès qu'ils vous sentent faiblir, ces petits monstres prêts à vous renier à la moindre faille. »

Je crois que nous n'avons pas vu le même film...

« Il y a Sami Frey, superbe. Croyez-moi, un papa comme ça, et demandeur de surcroît, ça ne se refuse pas[12]. »

Le mélange et la confusion atteignent ici leur comble. Sami Frey est superbe. Son personnage de père est demandeur. Il ne devrait donc pas y avoir de refus. Mais refus de quoi ? Et demandeur de quoi ? Quel étrange syllogisme.

À vrai dire, ce que la journaliste semble dire ici, c'est : si j'étais à la place de la petite fille, je coucherais avec le personnage, car Sami Frey est superbe.

Pour Jacques, le père est

> plein d'excès, il est exigeant et j'aime ça. Il lui arrive de tyranniser son enfant, il n'hésite pas à lui dire qu'il n'est pas content d'elle et c'est bien. Parce qu'on voudrait que les enfants soient absolument parfaits et ce n'est pas vrai, parfois les enfants c'est insupportable, de temps en temps, ce n'est pas beau à voir[13].

Il est surtout impatient, exigeant, il demande plus. C'est un personnage pas loin de l'utopie, qui souffre du quotidien : en cela il est bien « de la famille » ! Il semble persécuté par ces femmes qui l'entourent, il s'en plaint d'une manière assez injuste[14].

Il n'est heureusement pas interdit de peindre des personnages de salaud, excessifs, cruels. Il n'est pas interdit non plus de les aimer ou de les faire aimer. Le spectateur a même le droit de tomber amoureux du pire criminel. C'est d'ailleurs tout l'intérêt de la fiction.

Mais là, toute cette complaisance, à vrai dire, m'écœure… Parce que l'enfant est si peu considérée… Il y a tant d'apitoiement autour du père, cette petite chose fragile, dépassée, séduisante et exigeante.

Cela me renvoie à cette déclaration de Jacques : « J'ai toujours besoin d'être rassuré. J'ai toujours besoin qu'on me tienne la main[15]. »

Dans *Télé 7 jours*, Jacques explique que ce sont ses malaises, son souhait, non de guérir, mais de survivre, le peu d'amour qu'il porte à lui-même qui le poussent à faire des films. D'une interview à l'autre, il ne cesse de se présenter comme un créature fragile, austère, en proie à l'angoisse.

Le personnage du père a toujours besoin, lui aussi, d'être rassuré. Dans le film, personne n'est là pour rassurer ni tenir la main de la petite fille. Ni de l'enfant que j'étais alors.

Oui, cette autocomplaisance me dégoûte. Mon père disait toujours qu'il n'aimait pas les gens qui étaient « très durs avec les autres, très tendres avec eux-mêmes ». C'est l'un des problèmes majeurs de ce film et de ceux qui l'ont fait.

Une enfant

Élise semble porter sur ses épaules le poids du film. Tout dépend d'elle. Car, dans le fond, selon un critique, il ne s'agit que « d'un père qui cherche le pardon de sa fille, mais elle se dérobe sans cesse, elle refuse cette demande. Si elle acceptait tout de suite, le film serait un court-métrage[16] ».

Est-ce en jetant sa fille par terre qu'il a commencé à lui demander pardon ? Elle n'a pas été capable de comprendre la grandeur du geste, sans doute.

« Le bourreau n'est pas toujours celui qu'on pense. "Les enfants sont d'extrême droite", disait justement Truffaut. Le jeu très travaillé des deux interprètes équilibre les assauts de ce duel amoureux[17]. »

Un critique dit que le père a « les maladresses et les brutalités d'un homme perpétuellement confronté [...] à l'ambiguïté des femmes, à leur insatisfaction[18] ». Alors, comment parler à Élise, cette « future conne » ? Comment fixer les grâces de son âge ? Comment faire tomber ses défenses ?

On parle de « papa paumé[19] ».

N'oublions pas qu'à l'époque le mâle alpha type Aldo Maccione était l'objet de toutes les blagues. C'était le gros lourd, le séducteur viril. Ici, cela n'a rien à voir : on a un type qui s'énerve sans cesse, pique des crises, passe d'une femme à l'autre, casse la gueule du seul garçon qu'il croise. Oui, vraiment, cela n'a rien à voir. C'est plus subtil. À moins que...

Je suis toujours impressionnée par les phénomènes d'hallucination collective : comment tous les critiques ou presque ont-ils pu voir dans ce personnage un homme raffiné et torturé aux prises avec des femmes difficiles ? Comment a-t-on pu considérer que sa fille de dix ans était bien dure de ne pas lui donner ce qu'il voulait ?

Ce qui est passionnant, dans les réactions de la presse à la sortie du film, c'est qu'elles prennent leur sens à trois niveaux différents.

Il y a celui de l'époque, les années 1980 : on mesure à quel point les enfants, mais aussi les femmes, gravitent autour des désirs et des humeurs des hommes. Et semblent des cailloux dans les chaussures viriles dès qu'ils donnent leur point de vue. Il y a un devoir de pardon, d'explication, comme il pouvait y avoir, plus tôt, un devoir conjugal. Un beau mec mérite toutes les excuses, surtout s'il fait des efforts de modernité en se montrant fragile. Le féminisme comme la défense des enfants avaient encore bien du chemin à faire.

Il y a celui de l'art : la peinture de la fragilité masculine, qui semblait alors si émouvante, si audacieuse, si délicate, paraît aujourd'hui singulièrement datée. On a ici affaire à un tyran familial, à un père abusif qui n'a rien d'un ogre (ce n'est pas Denis Ménochet dans le film *Jusqu'à la garde*), mais prend l'apparence d'un « super-papa » sur patins à roulettes. Il y a une forme de contrebande pénible dans cette affaire. Un pervers passe pour exigeant, mais cool.

Il y a enfin celui du tournage : la tyrannie paternelle ressemble à s'y méprendre au pouvoir du metteur en scène, fragile, torturé, insomniaque, fasciné par l'enfance, mais sans aucun égard véritable pour elle. L'enfance comme thème, comme concept, comme sujet cinématographique est un objet de fascination qui ne s'embarrasse pas des enfants réels, en chair et en os. On ne peut s'empêcher de penser aux mots de Dostoïevski sur ceux qui aiment l'Humanité, mais pas les gens. L'enfance, cette source de spontanéité libre, c'est merveilleux, mais les enfants, avec leurs refus, leur individualité, leur intégrité, c'est insupportable.

Si quantité de journalistes me félicitent pour mon jeu, comme je l'ai rapporté plus tôt, ils ne sont pas nombreux à se préoccuper de l'enfant que j'étais ni du personnage que je joue. Fort, résistant, adulte. On écrit qu'Élise « tend un piège cruel et sensuel à son père[20] ».

À lire les critiques, on dirait que l'actrice comme le personnage mènent la barque.

D'ailleurs, le magazine *Femme pratique*, en mars 1985, titre « Père difficile, fille pas facile » et s'extasie :

> Cette histoire s'est emboîtée dans une autre, plus adulte, parce que la fille était terriblement mûre et qu'elle pouvait faire passer un texte très profond. D'où cet affrontement stupéfiant de Sami Frey et de Mara Goyet dont le génie nous semble parfois terrifiant. Car Mara n'a que onze ans.

Je suis évidemment touchée par l'éloge de mon génie, mais si le pathétique semble naturel, c'est peut-être moins en raison de mon talent supposé que de ce que j'ai vécu et ressenti alors. C'est peut-être même cela qui est « terrifiant ».

Il va de soi que Jacques ne dépare pas dans ce soutien unanime au père : « Ce père, on peut le trouver monstrueux. Moi je crois qu'il est plutôt touchant, plutôt honnête. Bien sûr il demande trop [...] mais n'est-ce pas le minimum qu'on peut demander[21] ? »

Tout en reconnaissant qu'il fallait tout le talent de Sami pour faire passer « les demandes exorbitantes de ce personnage abusif ».

Abusif...

L'inceste

Aux critiques du *Cinématographe*, Jacques fait de *La Vie de famille* « une tentative de sortir l'enfant de son enfance, de la situer au même plan que les adultes, si tant est qu'il y ait des différences ». Il ajoute ensuite avoir du mal à croire qu'il « y ait des frontières » : « Je n'ai jamais bien compris ce passage entre l'enfance et l'âge adulte. »

De fait, dans cette histoire, tout tourne autour de l'inceste sans qu'il soit vraiment nommé. Le père est soumis au manège des femmes, aux crises de la sienne, aux jeux de séduction de sa belle-fille comme à la fermeté de sa fille.

« Il séduit toutes les femmes. Sauf une : sa fille. C'est la seule qui lui résiste. Elle le remet à sa place. Lui, comme beaucoup de mes personnages, c'est un enragé[22]. »

« La suggestion, les sortilèges de l'ambiguïté, tels sont les mots qui résument cette partie de cache-cache entre le père et la petite fille. Ronde de plus en plus serrée, de plus en plus envoûtante, à la lisière de l'Enfer et du Paradis[23] », remarque un critique.

Un journaliste évoque un « père prodigue ». Quelques années plus tôt, Jacques Doillon avait tourné un film intitulé *La Fille prodigue*, avec Jane Birkin et Michel Piccoli. Il racontait l'histoire d'une fille de retour chez ses parents qui isole son père, l'aime d'une folle passion et finit par coucher avec lui. Le « père prodigue » compte-t-il faire de même ?

Dans *Le Point* on titre qu'Élise est la « petite sœur d'Œdipe ». Dans *La Revue du cinéma*, Marcel Martin évoque « une relation amoureuse, dont les sous-entendus érotiques sont évidents mais sublimés quand père et fille se retrouvent dans une chambre d'hôtel ».

C'est un étrange tour de passe-passe que de laisser croire que le père pervers est un homme vulnérable et sympathique face au jeu de séduction trouble de sa fille. La salope…

> Lucidement tyrannique (« tu peux faire ce que tu veux si ça me va »), monstrueux et humain comme l'*Él* de Buñuel, il arrête le jeu quand elle y prend plaisir, le prolonge quand elle veut rentrer[24].

On a l'impression qu'il s'agit de *Cinquante Nuances de Grey* ! Quant à l'intelligence du personnage, la générosité, la capacité d'encaisser, c'est aimable de me les prêter, mais c'est peut-être juste que j'en étais là pour de vrai.

Car c'est de ma vraie gueule, celle d'une enfant de dix ans dans la vraie vie, que ce que l'on voit sur l'écran, que l'on admire, tire sa force. On m'a certes donné un rôle, je n'avais peut-être aucune expérience, mais il serait bon de considérer aussi que la réussite du film tient beaucoup à ce que j'ai vécu dans la solitude et la douleur. Je le paie cher aujourd'hui.

> Il suffirait d'un rien, d'un drame ou d'un élan pour que le rapprochement du père et de la fille s'accomplisse. Mais ce serait sombrer dans le mélo facile. Doillon en laisse planer le risque. Dans l'excès des jeux que propose Emmanuel à Élise, tout au long d'une folle escapade en Espagne, tout peut arriver, l'accident, la rupture, la maladresse ou la blessure définitive[25].

Blessure définitive… Il est aussi question, quelques lignes plus loin, de « menace permanente ». On y était presque.

Dans les journaux comme dans les interviews, les mots « couple », « duel », « règlement de comptes amoureux » se répètent. Seul *Libération* va plus loin en parlant clairement d'inceste. « Quand TV et cinéma font inceste » : il s'agit en réalité de la manière dont a été produit le film, à la fois par la télévision et le cinéma.

Aujourd'hui, il me semble que l'inceste, l'atmosphère incestueuse, les jeux incestuels sont l'équivalent du « e » dans *La Disparition*, de Perec : omniprésents et jamais nommés.

Le mot reviendra, d'une manière inattendue, dans *L'Inceste*, de Christine Angot. L'écrivain y raconte juste être allée voir le film. Sans commentaire plus approfondi. Cette mention qui pourrait passer pour complètement anecdotique a créé une petite onde de choc dans mon cerveau. C'était il y a une dizaine d'années. Une piste d'interprétation s'est ouverte pour expliquer le malaise envahissant qui ne m'avait pas quittée.

Le caractère tranché

Mon « comportement » (je devrais aujourd'hui le qualifier de « défense ») pendant le tournage n'a pas été caché lors de la sortie du film. Il n'a pas été dénigré. Il a même eu la chance d'être candidement commenté.

> Mara Goyet détient une forte personnalité, dit ainsi Sami Frey, et il fallait en tenir compte continuellement. Il n'était pas question de l'obliger à faire certaines choses qu'elle refusait catégoriquement. Avant de tourner avec un enfant aussi entier, l'on ne peut rien préméditer et les changements sont permanents[26].

Il ajoute qu'il existait sur le tournage une tension permanente qui ne contrariait absolument pas le metteur en scène : « Je suppose qu'il a besoin d'une certaine adversité pour commencer à manipuler et vampiriser les éléments. »

Était-ce seulement mon caractère « entier » qui était à l'œuvre ? J'ai longtemps pensé, en effet, et c'est sans doute vrai, que mon « caractère », pas si entier ni autoritaire que cela au demeurant, était incompatible avec le jeu d'actrice. Aurais-je été plus calme avec un autre sujet, dans une autre ambiance ? J'en ai longtemps douté. Maintenant je suis sûre que oui. Mon « caractère » était plutôt conciliant et joyeux. Pour que j'en arrive là, il fallait vraiment que ce soit intolérable pour moi.

Sami Frey se souvient : « Avant les scènes, elle disait ce qui lui plaisait et ce qui ne lui plaisait pas. Et quand ça ne lui plaisait pas, elle le manifestait avec une certaine violence [rires][27] ! »

> En face d'un être volontaire, à peine âgé de dix ans, on est d'abord confronté à sa propre enfance. Dans le rapport famille ou pas. Et c'est fou ce que les enfants sont conventionnels, car ils vous obligent à rester dans les limites de votre rôle, se sentant bien trop désemparés si vous les forcez à sortir du leur. Ils ne sauraient plus alors comment se protéger[28].

Cette dernière phrase sonne bien étrangement : oui, les petites filles veulent rester des petites filles, et que les adultes restent des adultes. Est-ce si insolite ?

Les jésuites

Heureusement, loin de cette unanimité, les jésuites volent à mon secours. La revue *Études* (c'est ma grand-mère paternelle qui a photocopié l'article ; elle a écrit « en communication », mais on croirait lire « excommunication ») a détesté le film. Le critique, Jean-Paul Clergeot, trouve que Sami Frey y a presque un « visage de satyre ». Et regrette que son personnage dise : « Si tu arrêtes cette caméra, je te casse la gueule. »

« Lui qui a si complaisamment agressé sa fille, maintenant se vautre dans le pathos : "je pleurerais si je le pouvais, mais pas maintenant". »

La petite fille « pense et brille par ses répliques toujours lucides. Pourquoi arracher un enfant à son enfance ? ». Elle est « utilisée comme un faire-valoir du père. Elle gardera son brio jusqu'à la fin. Immobile dans l'indifférence. Si bien que l'on peut se demander pourquoi Doillon a fait ce film avec elle. Peut-être simplement parce que son art en avait besoin. Une nourriture comme une autre. Bon appétit[29] ! ».

C'est un peu sévère, mais il y a là comme une idée. Quand cette critique a paru, j'en ai été très contrariée. J'avais le sentiment que l'Église (j'avais onze ans !) ne comprenait rien au film. Ce qui me ramenait bien sûr à mes grands-parents paternels et à la crainte de les avoir déçus, de ne pas être des leurs.

Seul, ou presque, le critique d'*Études* semble s'être fait un peu de souci pour la petite fille que j'étais, pour l'utilisation de son « brio », de sa force de résistance.

Il y a aussi Robert Chazal qui, dans *France Soir*, estime que la dimension personnelle du film (mon père, Jacques, la fille de ce dernier qui a presque mon âge) en « fait le prix. Mais il s'agit d'un prix que l'avenir fera peut-être payer cher. C'est là, il est vrai, une considération qui dépasse la critique cinématographique… »

Bien vu.

La culpabilité

La sortie du film a souvent été émaillée de références religieuses : il y est question de « père prodigue », des « actions de grâce de Doillon », de confessionnal. Dans le film, je ne repère pas de connotation religieuse évidente, à part une évocation de la fin du monde. Plutôt positive d'ailleurs, et totalement profane.

Les thèmes du pardon et de la culpabilité sont en revanche omniprésents.

> — Vous-même, vous sentez-vous coupable ?
>
> — Ce qui me paraît énorme, c'est que ce ne soit pas la base de toutes les histoires. Quand je vois les films des autres et que je me dis « Tiens, leur moteur ce n'est pas la culpabilité », ça me bluffe. »

À plusieurs reprises, Jacques fait référence à une nouvelle, *La Vie de famille en Amérique*, de John Updike, dans laquelle un père demande pardon à ses enfants[30]. C'est d'ailleurs « pour cette scène de pardon », qui ne lui est pas « étrangère[31] », qu'il a eu envie de faire le film. Lors de la scène de la dictée, c'est ce livre qui est utilisé.

Jacques ajoute :

> Quand je dis « j'ai fait du cinéma pour devenir assassin », je le dis sans vanité. Pour moi cette

> démarche relève de la revanche. Je suis un spectateur extrêmement sensible et émotif. La vision de certains films m'a quasi électrocuté [...]. J'aimerais pouvoir faire des films qui aient la puissance de ceux de Dreyer, pour pouvoir à mon tour électrocuter les spectateurs. Je ne veux pas avoir de meurtre sur la conscience mais j'aimerais bien menacer la vie de quelques gens.

Jacques insiste sur la culpabilité qu'il aurait ressentie si j'avais souffert en tournant ce film : « J'aurais été malheureux si elle l'avait été. »

Quelle hypocrisie : j'ai été excessivement malheureuse, aux yeux de tous. Mais il se tenait à la distance idoine pour être épargné par ma détresse. Il ferait ensuite part de son immense soulagement en apprenant que j'avais trouvé le film réussi. Oui, il est réussi, c'est indéniable. Je le pense encore aujourd'hui. Mais la souffrance a été là, plus ou moins constante. Plus ou moins visible. Elle est encore là. À sa manière. Tout se passe comme si, pour lui, un film réussi pouvait effacer la souffrance d'une enfant et sa culpabilité. Comme si une enfant pouvait se dire : « J'ai souffert moralement, psychologiquement, physiquement, mais le jeu en valait la chandelle. » Comme si c'était équivalent.

Je trouve que l'intensité du travail, de l'engagement, du temps passé, des efforts, valait le coup. Peut-être qu'aux yeux de Jacques ma solitude et mon désarroi se sont soudain dissipés, comme sublimés par le résultat final. J'ai moi aussi, bien évidemment, fait cette confusion en me disant qu'après tout cela valait le coup que je souffre. Que je souffre vraiment, moi. Au cœur de moi-même. Parce que c'est ce qui m'a permis de jouer ce que j'ai joué. De manière assez désespérée parfois. Un peu comme si j'avais eu les doigts en sang à force de faire des gammes…

J'ai longtemps été sensible à l'idée que ça valait le coup, confondant travail, effort et atteinte personnelle.

Néanmoins, il y a encore, dans tout ça, une confusion pénible. Un auteur, un acteur peuvent se nourrir de leurs souffrances au nom d'une œuvre, c'est même un cliché. Simplement, en faisant ce film, Jacques, tout tourmenté qu'il soit, ne s'est pas blessé davantage. Au contraire, même.

La souffrance que l'on m'a infligée, celle que je porte encore, a fait son œuvre. Elle a sans doute aussi fait une œuvre : pas la mienne, mais celle de Jacques. À son seul profit. Ou, à la limite, celui du film et de l'Art. À part la fierté juvénile d'avoir fait ce travail, et encore, les blessures qui ont été les miennes, sur le tournage, n'ont été ni sublimées ni transformées. Elles ont été blanchies sous forme de film. Les pirates aiment la contrebande…

Dans un journal dont je n'ai pas retrouvé la source, Jacques dit que faire travailler des enfants est

« terrifiant : risque de saboter leurs études ou de les blesser. Il faut en outre qu'ils travaillent dur, je ne les ménage pas. Mara, je l'ai observée avec anxiété. Et je n'ai été rassuré que lorsqu'elle a manifesté sa satisfaction d'avoir réussi ». Dans *Cinéma*, il insiste et explique que « faire tourner un enfant est dangereux. On sait qu'on peut leur faire du mal. Jusqu'à ce qu'elle voie le film, j'étais très inquiet. Quand j'ai su qu'elle était contente, je me suis senti soulagé. J'avais son accord. Il ne faut pas blesser un enfant ».

À le lire, on mesure à quel point il était conscient des problèmes posés par le tournage, de ce que j'ai subi et éprouvé. C'est alors que Jacques se mue en petite chose fragile et craintive, pleine de scrupules mièvres. Un seul mot de moi, et il était guéri ! *Ego te absolvo*, mon fils.

Quel tour de passe-passe ! Ma satisfaction d'avoir tenu le coup jusqu'au bout, mon sentiment que le film était réussi l'ont donc, à ses yeux, dédouané. Pauvre Jacques qui a été terrifié, anxieux puis rassuré et soulagé. Quelle épreuve ! Mais j'ai eu les mots qu'il fallait, à onze ans. Il a ainsi pu dormir sur ses deux oreilles.

Je crois que Jacques aurait lieu malgré tout de se sentir un peu plus coupable… Un tout petit peu plus.

La Vie de famille en Amérique

Je n'avais jamais eu la curiosité ni l'idée de lire cette petite nouvelle dont *La Vie de famille* serait une adaptation plus ou moins lointaine. J'avais la concernant une sorte d'*a priori* négatif lié au tournage et qui, d'ailleurs, a contaminé toute l'œuvre de John Updike, dont je n'ai pas lu un seul livre.

Eh bien, j'ai trouvé cette nouvelle absolument magnifique et bouleversante. Un père, Fraser, qui a quitté femme et enfants pour une femme plus jeune, revient dans son ancienne maison. Il y bricole deux ou trois trucs, se soucie des fenêtres, de la chaudière. Il veut parler à ses enfants, mais ils sont absents ou font la gueule. Son ex-femme est d'une grande tristesse, elle semble faire partie de ces murs qu'il connaît par cœur et a désertés. Fraser rejoint ensuite sa nouvelle épouse et ses enfants à elle. Il n'a pas sa place, il n'est pas le bienvenu auprès des enfants de celle-ci qui réclament leur père. Il est comme étranger au quotidien de cette maison qui n'est pas la sienne. À la fin de la nouvelle, il se retrouve seul dans son petit appartement miteux de Boston, et c'est déchirant, terriblement mélancolique.

Je comprends parfaitement ce qui a pu enthousiasmer ou, du moins, séduire Jacques et mon père. Il en reste d'ailleurs quelque chose dans le scénario de *La Vie de famille* : le père qui revient dans son ancienne maison et répare un interrupteur ; le père isolé, à l'intersection de deux familles, l'une qui n'est plus vraiment la sienne, l'autre qui ne l'est pas encore ; le thème de la culpabilité.

Il y a des passages du livre qui entrent en écho avec le film. C'est l'ex-femme qui parle :

« Ne sois pas si puritain, dit-elle. Reste. C'est pitoyable de te voir à ce point marié à ce petit… caniche.

— Je regrette que tu ne te sois pas montrée aussi aguicheuse au temps où j'étais tout disposé à en profiter[32]. »

Emmanuel est à bien des égards un double de Fraser. La mélancolie et la gentillesse en moins. En revanche, en ce qui concerne le côté « aguicheuse », Élise, malgré ses dix ans, est confrontée à ce dilemme (l'être ou pas).

Durant tout le film, elle a deux robes. L'une, longue (« trop longue », dit le père), en Liberty, qui a été faite sur mesure et en double pour le rôle (j'étais allée avec Jacques chez un tailleur puis dans diverses boutiques rue de Passy pour me procurer les vêtements du tournage ; c'est un très bon souvenir). Elle est censée avoir été faite par ma grand-mère. La seconde, courte, en « V » et boutonnée dans le dos, avec une ceinture rose, que j'avais achetée avec ma mère dans le XVe, à Paris, et qui était une robe à moi. Cette robe, extrêmement jolie (et sexy), que j'aimais beaucoup, est qualifiée dans le film de

« robe de pétroleuse ». La petite fille a donc deux facettes ; elle rejoue de manière enfantine la maman et la putain.

La Réforme

Dans certaines interviews, Jacques fait référence à ses origines protestantes.

Il évoque sa fréquentation, plus jeune, du temple et le goût qu'il a du dépouillement. Pour moi qui suis une adepte de la surcharge, du kitsch, de l'ornement et du multicolore, c'est tout de suite fascinant. C'est un rêve, une utopie. On ne peut que me convaincre. J'aime le froid, la lande, la littérature norvégienne (grâce à mon père), mais je n'arrive pas à aller jusqu'au bout de l'entreprise de simplicité. Je suis terriblement catholique, contre-Réforme, concile de Trente, stuc, plumes et dorures. J'ai longtemps vécu ça comme un défaut, comme le signe de ma vulgarité. C'est donc avec beaucoup d'attention que j'écoute tout discours qui évoque une vie austère, sobre et pleine de nuances de gris.

Jacques explique aussi sa réticence vis-à-vis de l'image, qui lui est insupportable. Il ne peut voir l'image et le son ensemble ; il lui est donc impossible de revoir ses films. Cela renvoie, selon lui, à une forme d'iconoclasme.

L'iconoclasme est une question qui, depuis mes études, me passionne. Avant tout les querelles byzantines autour de l'image, qui sont à la fois ardues, désopilantes et terriblement violentes. Là encore, j'aurais tendance à me montrer impressionnée par de telles déclarations. Même si, moi aussi, les photos qui figent le temps passé qui n'est plus m'angoissent. Mais cela n'a rien d'iconoclaste. Aujourd'hui, je ne peux cependant m'empêcher de me moquer quelque peu de ces déclarations savantes : si l'image est insupportable, il reste la possibilité de faire de la radio. Je le dis très sommairement. Délibérément. Il y a là comme une forme de pose intellectualisante qui m'agace.

Enfin, le mot « puritanisme » revient souvent. Ce sera le titre de l'un de ses films, coécrit avec mon père lui aussi. *La Puritaine*. Une fille de dix-huit ans (Sandrine Bonnaire) revient voir son père (Michel Piccoli), qui est metteur en scène de théâtre. On ne sait ce qui a provoqué sa fuite. On apprendra que ce sont des photos « compromettantes » de ses parents – c'est l'exhibitionnisme de son père qui est en cause. Une fois encore, ce film évoque clairement un « couple » incestueux : la fille expose sa nudité à son père, qui expose ensuite la sienne. Le père l'embrasse sur la bouche. La fille fait l'amour à deux pas de son père avec un jeune homme. *La Vie de famille* se situe ainsi au beau milieu de deux films

(1981 et 1986) qui, sans détour, traitent de l'inceste, physique ou d'atmosphère.

Une enfant qui ne supporte pas de voir des photos de ses parents en plein acte sexuel est taxée de puritanisme. C'est donc elle qui a un problème, d'ordre idéologique ou religieux. Enfin, peut-être pas un problème, mais du moins une orientation du caractère, une sensibilité qui renvoient, justement, au protestantisme. L'enfant ne se révolte pas parce qu'elle est enfant, mais parce qu'elle adhère plus ou moins à son corps défendant à une forme d'idéologie. Tout cela semble très subtil, très raffiné, mais c'est un tour de passe-passe qui fait de la normalité de l'enfant une particularité.

Au début des années 2000, Jacques, lors du tournage décevant (il n'y avait nulle nostalgie, nulle complicité) des bonus du DVD de *La Vie de famille*, m'avait d'ailleurs dit qu'il n'avait jamais vu une enfant aussi puritaine que moi. J'avais trente ans. J'étais donc déjà au fait de ce qu'était la Réforme. Mais j'étais encore fascinée par ce que son évocation pouvait charrier de beau et de souvent inaccessible : rigueur, ordre, discipline, transparence, honnêteté, dépouillement. On l'aura compris, la religion réformée me passionne.

Que l'on qualifie quelqu'un de puritain, moi *a fortiori*, me plaisait beaucoup. D'autant plus que je ne suis pas certaine d'être une bonne recrue pour le puritanisme. Je tiens trop du perroquet.

Le puritanisme comme l'iconoclasme font leur grand retour depuis quelques années. L'iconoclasme avec les questions qui entourent l'image et les caricatures, notamment celles qui ont conduit à la mort des journalistes de *Charlie-Hebdo*, massacrés par deux terroristes islamistes. C'est tout de suite moins élégant, plus violent et insupportable. C'est un monde de censure, de frustration, de pinaillerie, de pudibonderie, de vertu ostentatoire. Rien à voir avec ce que Jacques Doillon évoque, évidemment.

Et pourtant. Existe-t-il un puritanisme qui fasse envie ? Un iconoclasme désirable ? Dans le fond, ces univers de la limitation sont-ils aimables ? D'un point de vue historique, si l'on pense à la vie du temps de l'existence de Calvin, sans doute pas.

Mais de quoi parle-t-on alors ?

Dans le contexte du tournage, une petite fille de dix ans que l'on qualifie de puritaine, c'est une emmerdeuse qui voit le mal partout. Une bigote, une petite coincée qui veut aller à l'école. Est-ce une obédience ou simplement l'enfance ?

Dans *La Puritaine*, une jeune fille de dix-huit ans qui est choquée par des photos pornographiques de ses parents est-elle une petite bigote ou juste une jeune fille qui refuse d'être confrontée à ce qu'elle ne devrait jamais voir ? D'enfants bien-portants, on laisse penser qu'ils sont coincés. Enfin, qu'ils sont puritains – cela fait plus élégant.

Jacques, dans les interviews, fait référence à Dreyer, à Bergman, à Benjamin Constant. Ce dernier était aussi l'idole de mon père, qui collectionnait *Adolphe* dans toutes les langues. Avec Jacques, il a écrit une série pour Arte sur Mme de Staël et Benjamin Constant. Je me souviens de mon père, qui avait reçu une solide éducation catholique, découvrant sa bévue : dans un dialogue, Constant vouvoyait Dieu quand il aurait dû le tutoyer. L'éducation de Benjamin Constant par son père était aussi une référence et un modèle pour mon père. Il aurait aimé faire la même chose avec moi. Et il l'a en partie fait.

L'un des films qui m'avaient marquée, quand j'avais dix ans, était *Fanny et Alexandre*, de Bergman (1982). Je ne sais pas si j'avais tout compris, mais j'avais été profondément charmée par la famille qui célébrait Noël au début du film. La lumière, le décor, la fête, la musique et même la scatologie m'étaient apparus comme merveilleusement désirables. Encore aujourd'hui, cette scène est importante pour moi, elle représente un idéal, un modèle. La figure du beau-père, pasteur luthérien, cruel et pervers, est aussi restée gravée en moi. Elle me permet de mieux comprendre un individu qui revendique son exigence, sa dureté, sa grande pureté pour mieux dissimuler sa fange et sa dégueulasserie. C'est l'incarnation de la duplicité, du mensonge. L'opposition des deux mondes, des deux univers, l'un comme l'autre protestants, d'ailleurs, m'avait beaucoup frappée.

Dans le personnage du père de *La Vie de famille*, il y a quelque chose de ce pasteur de l'angoisse. Emmanuel revendique sans cesse son dégoût de la médiocrité, de l'ennui, des occupations stériles, de l'hystérie ; il voue à chacun un mépris souverain, mais se comporte en tyran, accablant les autres de son jugement, de ses reproches définitifs. Il n'a de pitié pour personne à part lui-même. Sa petite fille de dix ans lui résiste, il emploie tous les stratagèmes les plus retors. Dès qu'elle s'amuse un peu, il la douche. Jusqu'à l'emmener dans la suite d'un palace espagnol pour la pousser aux aveux, devant une caméra vidéo.

Aujourd'hui

L'enquête : revoir le film

J'aime beaucoup les ouvrages de Pierre Bayard, notamment ceux consacrés à des enquêtes littéraires. Chercher le vrai meurtrier dans des romans d'Agatha Christie ou de Conan Doyle, un film d'Hitchcock, une pièce de Shakespeare, et montrer que tous ces auteurs se sont trompés dans leurs conclusions, voilà une entreprise qui m'amuse énormément. J'aimerais bien faire la même chose avec *La Vie de famille*.

Pour écrire les pages qui précèdent, j'avais visionné le film petit bout par petit bout et dans le désordre. Je ne l'avais donc pas *revu* à proprement parler, comme dans une salle de projection. Je savais que je devais m'y mettre, mais je repoussais sans cesse l'échéance. Quand j'en suis venue à déplacer des meubles, nettoyer tout l'appartement, repeindre une rambarde, j'ai fini par m'avouer que cela allait être difficile.

J'ai hésité à le regarder en faisant autre chose (éplucher des légumes, lire un livre, trier des trucs). Pis, à un moment, j'ai pensé à lancer une série sur la télévision pendant que je jouerais le film sur mon ordinateur.

Finalement, je m'y mets. Je prends un papier et un crayon : je vais regarder le film attentivement, je ne vais rien laisser passer, ni dans les détails ni dans l'ensemble. Et je vais tâcher de prouver qu'il ne raconte pas ce que l'on prétendait à l'époque. Enfin, si j'y arrive.

Dès les premières minutes, mon visionnage solennel est perturbé par l'irruption de sous-titres. D'autant plus intrigants et impromptus qu'ils n'ont rien à voir avec ce que disent les personnages (Emmanuel, Élise, etc.), sans toutefois traiter de thèmes foncièrement différents.

Ils appartiennent en réalité à un autre film qui porte le même titre. C'est une œuvre de Krzysztof Zanussi intitulée *Życie rodzinne*, en français *La Vie de famille*. Elle date de 1971. La plateforme UniversCiné a fait une regrettable méprise et fusionné les deux productions. Pour mon plus grand bonheur.

J'y décèle même une certaine pertinence : sur le tournage, on m'a piqué mes phrases, on m'a pillée sans vergogne, alors je ne vois pas pourquoi on ne volerait pas dans la foulée l'histoire d'un autre film. À moins que ce ne soit l'inverse : la Pologne envahit l'œuvre. C'est une forme de revanche.

Cela rend *La Vie de famille* de Doillon assez hilarante. Dans le film de Zanussi, il est question de salade, d'alcool, de loto, d'acier. À plusieurs reprises, on dirait qu'un bon génie a mis des sous-titres qui révèlent l'implicite du film.

« Bon chien, bon chien, viens ici ; ce n'est pas de sa faute, il a tant de peine », s'inscrit sur l'écran quand, à l'image, Sami Frey parle à sa fille.

« Non, non, je dois repartir à Varsovie » ; « Ce vieux sclérosé, il joue remarquablement au bridge » ; « Tu sors de désintox, ne l'écoute pas ». Ah mais ça change tout !

« Ce navire fera la fierté de la flotte polonaise » ; « Une délégation indienne a visité le sud de la Pologne avec l'intention d'acheter une ligne de production complète pour l'industrie d'acier » ; « Ils étaient très intéressés par [...] les conditions de travail excellentes que nous avons en Pologne ».

Le film ainsi sous-titré prend une autre saveur. J'ai le sentiment que Lech Wałęsa et Jaruzelski vont arriver dans la scène suivante. À un moment, toujours plus à l'est, alors que *La Vie de famille*, elle, va droit vers le sud, de la Provence à Madrid, on se croirait dans Tchekhov. Ou dans Bergman : il y a une histoire de sœur, de cousine, d'aigreur, de vieux père.

C'est un chef-d'œuvre situationniste. Je finis par éteindre le son pour regarder le film dans sa version polonaise. C'est super bien. Surtout la dimension socio-économique des problèmes liés à la sidérurgie. Ça manque un peu, ça, dans *La Vie de famille* version française.

Wikipédia décrit ainsi le film de Zanussi : « Un jeune ingénieur rentre chez lui après des années et décide de s'occuper de sa famille : son père alcoolique, sa tante aigrie et sa sœur dépressive. » Ailleurs, on dit que ce « kammerspiel intense raconte l'histoire d'un jeune designer industriel ambitieux rentrant à la maison pour aider son père et sa sœur. Il se retrouvera prisonnier de ce domaine décrépit étouffé par la nostalgie, à la merci de cette famille aristocratique qu'il avait fuie par honte ».

« Kammerspiel intense », c'est exactement ça !

Bref, je dois reprendre le film depuis le début.

Le film

Je revois, donc, *La Vie de famille*. D'un bout à l'autre.

Je suis impressionnée par sa violence. Physique, notamment. Le personnage incarné par Juliette Binoche (Natacha) est frappé par sa mère. Elle reçoit un nombre considérable de claques. Cela me semble insupportable. Il y a beaucoup de verre brisé : un verre lâché dans un lavabo ; un cadre avec une photo de Juliet Berto (Mara) fracturé d'un coup de poing par Juliette Binoche (Natacha), puis par Sami Frey

(Emmanuel). Il y a la scène du vélo. Plus tard, celle où Emmanuel embrasse sa femme et la jette très violemment, avec mépris, sur le lit. Le geste est affreux et sinistre. Les seuls moments de réelle tendresse, de douceur, concernent Emmanuel et son ex-femme, la mère de sa fille (Aïna Wallé/Lili).

À revoir le film aujourd'hui, on n'a pas le sentiment qu'il s'agit d'une quête paternelle en vue d'un éventuel pardon, comme on a pu le répéter il y a quarante ans. C'est plutôt le portrait d'un homme imbu de lui-même et pervers qui joue avec les femmes de son entourage.

Un thème m'est apparu qui m'avait échappé jusqu'alors : lorsque quelqu'un pleure ou souffre, il est toujours soupçonné par Emmanuel d'être faussement grave, d'en faire trop ; il y a sans cesse l'idée que, dès qu'il aura le dos tourné, l'éploré sera de nouveau primesautier, comme si tout cela était une vaste comédie. Comme si toutes ces souffrances n'étaient que duplicité ou mélodrame du point de vue du père. Il y a une forme de « Bats ta femme ; si tu ne sais pas pourquoi, elle, elle le sait ». Sans pour autant cacher les torts et les excès du père, le film tout entier semble les justifier. C'est de cette manière que chacun a pu, en 1985, trouver le personnage émouvant et sympathique. En 2024, on comprend immédiatement que c'est le père qui dysfonctionne, que le « criminel », le « coupable » de l'histoire, c'est lui. Et nul autre.

Quant à mon enquête, lors de ce procès en révision, sur mon éventuelle responsabilité en tant qu'enfant de dix ans, il me semble avéré que je ne suis coupable de rien. Je suis assez vieille aujourd'hui pour voir à quel point j'étais petite. Je n'ai pas à m'en vouloir. Ce n'était pas moi qui avais agencé cette montagne de confusion, de silences, de pillage. Je me vois me débattre, avancer, jouer. Pour la première fois, je me dis que j'ai été courageuse.

Fin de l'enquête ? Non. Il reste encore vingt minutes à visionner. Il peut y avoir des retournements. Il faut être scrupuleux.

Le suspense est à son comble.

Malheureusement, il m'est impossible de regarder la suite. Je n'y arrive pas. Je tente de me convaincre en me disant que les moments les plus douloureux du tournage sont passés, qu'à ce stade il ne peut y avoir de surprise. J'essaie vraiment. C'est impossible. Les jours suivants, je trouve n'importe quel prétexte pour ne pas terminer le film.

Rien que d'y songer me demande des efforts insurmontables. Et pourtant, je ne peux m'y soustraire. Ne serait-ce que pour ce livre ou par égard pour cette forme de justesse que je tente de conserver. Et puis, le fait même que j'éprouve un tel blocage est sans doute le signe qu'il y a quelque chose d'intéressant dans cette scène dite « du procès ».

La fin

Il est un opéra que j'écoute en boucle, *Pelléas et Mélisande*, de Debussy. Lors d'une scène terrifiante, le père, Golaud, demande à son fils, le tout jeune Yniold, d'épier sa femme, Mélisande. Il est jaloux de son frère, Pelléas, qu'il soupçonne d'être l'amant de son épouse.

Le petit Yniold, juché sur les épaules paternelles, doit ainsi raconter ce qu'il aperçoit à travers la fenêtre de la chambre de Mélisande. L'enfant est naïf, paumé, assez vite terrorisé. Il décrit des choses dont le sens profond, la teneur sexuelle ou amoureuse lui échappent. Son père, lui, est fou de rage, plein de douleur. Le fils pleure, mais son père insiste, lui promet des cadeaux. La tension monte de manière épouvantable. Quand l'enfant est au bord de hurler, terrifié, Golaud le redépose par terre. Puis l'acte se termine, comme un couperet.

Lorsque Yniold est interprété par une jeune adulte, soprano, c'est à la limite du supportable. Quand c'est un jeune garçon qui chante, c'est tout bonnement suffocant.

Je me sens si proche de lui. Parfois le père hurle, jette les objets de l'enfant. On dirait un ogre. Lors d'une représentation, j'ai failli quitter la salle tant j'étais mal. Ce tête-à-tête me remplit de tristesse, de colère et de chagrin. Le voir m'est presque intolérable, et pourtant j'y reviens toujours.

C'est un peu ainsi que j'imagine la fin de *La Vie de famille*. Sous forme de piège, de souricière inextricable : un enfant est livré à son père. Ce passage de l'opéra de Debussy entretient des liens forts avec la fin de *La Vie de famille*. Même si l'on a dû expliquer à l'enfant qui incarnait Yniold la teneur de son personnage et les enjeux du livret, écrit par Maeterlinck.

La scène quasi finale du « procès » reflète, en me pillant, ce que Jacques et mon père m'ont fait vivre pendant le tournage, en vrai. Mais, à moi, on n'a donné aucune information pour me permettre de comprendre ce dont il était question, ce qui était en jeu dans ce film ; tout en me volant mes paroles, mes sentiments ; tout en me faisant culpabiliser de mes réactions ; tout en tentant de me faire croire que je n'avais pas vu ni senti ce que j'exprimais ; tout en me contraignant à me soumettre à la grille de lecture décrétée par les adultes.

Il est temps, maintenant, de reprendre le visionnage du film.

Je m'installe confortablement sur mon canapé. Avec plaid, café et coussins. Comme si j'allais passer une soirée Bridget Jones. Je dois voir ces vingt dernières minutes. Sans sous-titres parasites. En face.

Petit délai, il faut télécharger un nouveau lecteur pour voir le film. J'espère ne pas perdre les sous-titres traduits du polonais. Je m'y suis attachée à force. UniversCiné me redemande mon mot de passe, que j'ai bien évidemment oublié. C'est un signe, je ne dois pas voir la fin de *La Vie de famille.*

J'y suis. Les sous-titres sont encore là. Je les désactive. Je vais regarder tout d'une traite.

…

Voilà, c'est fait. J'ai survécu.

Le père et la fille sont donc enfermés dans la suite du palace. Ensuite, ils se parlent par vidéos interposées.

À ce moment du film, je joue un rôle, je suis mon personnage. Ce dernier ressemble toujours autant à la petite fille que j'étais, mais son phrasé n'est pas vraiment le mien, ni ses gestes. Il y a comme une petite distance. À ce moment-là du tournage, je ne résiste plus pour de vrai. Les pleurs sont des pleurs de cinéma, la violence aussi.

Non seulement parce que je suis désormais tout à fait dans le jeu, que j'effectue mon travail de jeune actrice, mais aussi parce qu'en cette fin de tournage, ce qui n'était pas le cas lorsque nous l'avons entamé, je joue *mon* rôle. Celui d'une fille de dix ans qui tourne un film, qui n'arrive plus à parler avec son père, qui se fait manipuler et qui tente de résister. Les dialogues ne sont pas « inspirés » de celle que j'étais alors, ce sont les miens. À force de confusion, tout est devenu clair. Le personnage a fini par m'incarner, moi. Je suis dans mon propre rôle. C'est à la fois vertigineux et plus limpide.

Élise est devenue la Mara du tournage. Je *me* joue après qu'on s'est joué de moi. C'est plus cruel, mais moins confus.

À tel point que, quarante ans plus tard, je suis choquée quand le personnage d'Élise présente des différences avec celle que j'étais alors. Chose qui ne m'a absolument pas perturbée pendant la première heure du film.

Je déteste quand elle dit à son père qu'elle est comme lui (« aimer séduire, mais pas être emmerdé »). Cela me semble une trahison, une résolution facile : de toute évidence, elle n'est pas comme son père. Aucune enfant n'est comme ce père. Cette prétendue similitude est une concession lamentable, un renoncement : tous dans le même bateau. Élise-Emmanuel, match nul, les responsabilités sont partagées.

Dans ces dernières scènes, je ne tolère nulle liberté biographique. Cette petite fille, c'est moi. Jouer avec son personnage, c'est du révisionnisme. Une ultime trahison.

Je supporte peu, aussi, ce qu'Emmanuel dit à Élise. Jamais le personnage n'a autant ressemblé à mon père. Non par ses côtés infantiles, ni par ses plaintes (tu ne me regardes plus, tu me ménages, tu as peur de moi, je suis un père ordinaire), mais par sa manière d'accabler sa fille de reproches (fuyante, insaisissable, incroyablement superficielle, incapable de la moindre générosité). Ces paroles, je les reçois encore en pleine figure, aujourd'hui comme hier.

Autre violence : le père change sans cesse d'humeur, menace de « casser la gueule » de sa fille, puis lui fait des blagues. Il évoque sa mort, pleure, puis relativise. L'enfant le suit, tentant de faire comme lui, par élégance et politesse. Quelle perversion.

Ce qu'Élise vit, enfermée dans cette chambre, est insupportable. Elle me fait penser à un enfant séquestré, à Natascha Kampusch.

À ma manière, j'ai tenté de m'échapper, mais j'ai toujours été rattrapée (par les dialogues, par les films dans le film). D'ailleurs, quand Élise apparaît sur le petit écran du projecteur (le père laisse tourner le caméscope afin que sa fille lui parle, puis regarde ensuite la vidéo), elle n'a pas un visage ordinaire, elle ressemble à un otage qui demande à être libéré. C'est tout juste si elle ne tient pas le journal du jour entre ses mains. Suis-je la seule à voir cela ? Est-ce évident, aussi, pour les autres ?

Élise évoque son désespoir mais, tout au long de ces vingt dernières minutes, elle est d'une force incroyable. Elle soutient son père de son regard ferme. Elle le raisonne. Elle l'écoute. Lui l'accuse : « Je me plains. Je porte plainte contre toi. » En disant cela, il appose son index sur le sternum de sa fille. Cela n'a pas grande importance, mais ce geste, aujourd'hui encore, m'est intolérable. Je suis dans l'incapacité de le subir.

Dès que sa fille tente de se défendre, Emmanuel rompt la conversation : « Je ne peux pas entendre ça, je ne peux pas le supporter, je préfère sortir. »

Elle est si courageuse : elle remet le cadre sans cesse, avec obstination. Elle lui reproche de ne « plus jouer avec [elle] comme avec un garçon ». Elle refuse les « scènes sentimentales », les « photos de mariage » et ces vidéos qui sont des « cochonneries ». Elle domine, à sa petite échelle, analysant le comportement de son père, puis le renvoyant dans les cordes quand il tente de faire de même. Alors qu'il lui explique que lorsqu'on a « une peur il faut en parler pour pas que ça s'infecte », elle le traite de « psychologue scolaire ». On dirait la chèvre de monsieur Seguin se défendant du loup. C'est à pleurer.

Je ne pleure pas sur mon sort, mais sur ce désarroi que j'ai éprouvé, qui a été le mien, qui est celui de tant d'autres enfants encore. Cette résistance enfantine épuise, elle pèse, elle isole. Et elle s'ignore.

Là, je la vois. Et je me demande comment j'ai pu trouver, moi, Mara, la force de lutter ; comment j'ai pu aussi culpabiliser et croire aux reproches paternels. C'est tellement sidérant et paradoxal : cette force, je la lui dois en partie, à mon père ; et j'ai dû m'en servir pour lutter contre cet étrange projet ourdi par Jacques, dont il a assuré les basses œuvres.

Une bouteille ou un verre de vin rouge sont souvent visibles dans cette chambre d'hôtel. Je ne l'avais jamais remarqué. Pour la première fois, aujourd'hui, j'émets l'hypothèse que le père est, de surcroît, ivre. Cela le rend encore plus inquiétant.

Dans la dernière image du film, Emmanuel filme sa fille qui s'en va, à l'aéroport. Le micro de sa caméra a quelque chose d'à la fois agressif et turgescent. Élise descend l'escalator, elle lui fait un signe. Autour du cou, elle a la pochette qu'arboraient les enfants « non accompagnés » quand ils prenaient l'avion.

Non accompagnée… Voilà. Comme moi pendant ce tournage.

Maintenant

Le film est ressorti récemment au cinéma. Je ne suis pas allée le voir. Mes enfants, si, et ils ont pleuré. Ce sont de jeunes adultes. Je crois que je n'ai pas mesuré ce que cela pouvait faire de voir sa mère, enfant, à l'écran, traitée de la sorte par son père de fiction. Ils ont grandi dans un cadre différent, et l'époque actuelle rend insupportables bien des passages ou dialogues du film.

Une projection a été présentée par Jacques, dans un MK2. Je n'ai pas été invitée, et cela m'a plongée dans une rage qui m'a surprise moi-même. Je tenais le premier rôle, quand même (petit moment Gloria Swanson dans *Sunset Boulevard*). Et puis c'est toujours marrant pour les gens de voir l'enfant-acteur près de quarante ans plus tard. J'aimerais savoir ce qu'est devenu l'enfant sauvage de Truffaut ou l'Eliott de *E.T.* Cela aurait pu être un moment sympa, une occasion de se revoir. J'ai donc hésité à me pointer à la manière de la fée Carabosse ou, pour rester dans le cinéma d'auteur, façon Franck Dubosc : « Alors, on n'attend pas Patrick ? » J'ai imaginé un truc théâtral : les lumières se rallument, je me lève et prends la parole. Je fais des révélations. Mais lesquelles ? J'y ai renoncé, car cela aurait eu un côté femme bafouée, actrice délaissée peu valorisant. Et surtout j'ai craint que les spectateurs, sous le coup de la surprise, ne pensent trop fort : « Mon Dieu, elle a pris cher depuis ses dix ans. » J'ai donc écrit un mail à Jacques.

Je ne l'avais pas revu depuis que nous avions tourné les bonus du DVD, il y a vingt ans (j'étais enceinte). Depuis qu'il m'avait dit que j'étais une enfant puritaine, ce qui, je l'ai déjà signalé, m'avait comblée d'aise. Quand cela signifiait plus prosaïquement que j'étais une enfant coincée.

J'écris donc à Jacques. Il me répond vite et me propose, si cela me chante, de le rejoindre à la projection. Il ne dit pas qu'il serait content de me voir, ni que l'on ira prendre un verre. Il est assez désinvolte. Je n'irai pas. Clairement, il ne se rend pas compte de ce qui est en jeu pour moi avec ce film. Il n'imagine même pas les séquelles. C'est derrière lui.

Mon premier réflexe est de penser qu'il m'en veut encore parce que j'ai été « difficile ». Ou que je l'ai déçu. Depuis la fin du tournage, même si je l'ai souvent revu parce qu'il travaillait avec mes parents, il n'y a eu ni lien, ni complicité, ni même félicitations de sa part. De toute évidence, je ne l'intéressais plus.

C'est d'autant plus dommage qu'on aurait pu tourner, avec Sami, *La Vie de famille II*, des décennies plus tard, et faire vingt millions d'entrées. À condition que j'aie sur le tournage, cette fois-ci, un psy, neuf doublures, trois maquilleurs, quatre *sensitive readers*, un coordonnateur d'intimité ainsi que deux coiffeurs ; et que je ne manque pas mes cours au collège.

Avec mon père, on aurait pu écrire un scénario formidable et régler nos comptes. Nous ne l'avons jamais fait.

Un échec ?

J'ai dit plus haut que ce film a représenté une expérience que, pendant longtemps, j'ai préféré ne pas évoquer. Pas envie que l'on s'imagine que je me vantais ou que l'on pense que j'avais échoué dans cette voie. Il y avait aussi la culpabilité de m'être révoltée : inutile de la ramener, autant faire profil bas. Comme si j'avais peur d'être « grillée » dans le métier… Ce qui est comique.

Il y a aussi, malgré tout, comme l'idée d'une carrière avortée. D'ailleurs, lorsque j'ai fait un entretien avec Anne Diatkine à propos du tournage dans *Libération*, au printemps 2024, ça n'a pas manqué : sur Internet, un type s'est empressé d'évoquer mon dépit d'« actrice ratée ».

C'est moi qui ai décidé d'en rester là, mais il n'empêche qu'après tous les éloges reçus – par modestie (ou flemme) je me retiens de les retranscrire – c'était un peu étrange de refuser les scénarios en bloc. Il faut dire que j'étais, depuis le tournage, très sourcilleuse. On m'a proposé de jouer dans *Le Grand Chemin*. J'ai décliné parce que je devais mettre des asticots (je crois) dans le slip d'un garçon. Un autre film, plus tard, parce que je devais marcher nue avec des lunettes de soleil. Quand je regarde un film et qu'il y a une scène d'amour, je suis chaque fois soulagée de ne plus jamais avoir tourné.

Modestie

J'ai aussi longtemps cru que c'était à Jacques, parce qu'il me prodiguait des conseils pour bien jouer, que revenait tout le mérite. Et qu'avec un autre cinéaste je serais nulle. Comme si tout cela avait été une illusion, comme si je n'avais été qu'une marionnette (peu docile, certes).

D'ailleurs, au printemps 2024, Jacques a exhumé dans une interview pour *Le Parisien*, en réponse aux accusations le concernant, un livre italien qui lui était consacré (aux éditions Il Castoro, ce qui me plaît terriblement : un livre castor pour faire barrage) dont je n'ai absolument aucun souvenir. On m'avait sans doute interrogée au sujet du tournage. Voici ce que, selon Jacques, je répondais il y a vingt-cinq ans :

Je crois que Doillon peut aider n'importe quel enfant à réussir. Il leur parle comme à des vraies gens, il m'a expliqué des choses incroyables et il me les a si bien expliquées que je n'ai pas pu m'empêcher d'y arriver. Maintenant je sais ce que c'est que d'être actrice et je sais que ça n'est pas pour moi.

Je reconnais l'immense talent de Jacques avec les enfants, mais là j'en fais un peu trop dans le genre petite chose modeste. On dirait que je suis un cochonnet braillard et que la fée Doillon m'a transformée en cantatrice. Je n'étais pas non plus le singe Jean-Marc de Jeff Panacloc, le ventriloque. J'ai trop donné dans la repentance, dans l'effacement. C'est même ingrat vis-à-vis du travail que j'ai produit et de la petite fille que j'étais. Je n'ai pas non plus été choisie au pif, dans une foire, alors que j'étais en solde ou proche de la date de péremption. Dire que je suis obligée de me vanter quarante ans plus tard : il faut reconnaître que mon père et Jacques ont été avares de compliments. En ai-je d'ailleurs reçu un seul ? Pas la moindre reconnaissance.

En outre, être actrice dans des conditions normales, je ne l'ai pas connu. Jamais. J'ai appris à jouer, certes. Mais dans un contexte tout à fait anormal. J'ai le sentiment de lâcher la petite fille que j'étais en prétendant que ce métier n'était pas fait pour moi. Je n'en sais rien. Je suis heureuse d'avoir une autre profession, mais je vois bien qu'en classe, sur une estrade, il y a quelque chose qui sommeille et s'exprime encore.

Un hapax

Enfant, j'avais aussi trop d'orgueil pour envisager une carrière d'enfant-acteur ratée. J'ai aujourd'hui, à cet égard, beaucoup d'empathie pour Macaulay Culkin et autres enfants oubliés.

À l'époque, j'ai surtout eu envie de retourner à l'école. De manière presque surjouée. Comme si c'était un remède au tournage.

Le film ne cesse de parler de cette envie. L'héroïne manque des cours, cela la met mal à l'aise et la réjouit en même temps. C'est pour elle une immense transgression. Elle ne cesse de parler de dictée de contrôle, de redoublement, etc. C'est une sorte de refuge, de lieu fixe et rassurant. Protégé. J'y passe d'ailleurs encore l'essentiel de mon temps.

À vrai dire, je ne sais pas si je suis le Radiguet du cinéma, sa navette *Challenger* ou un coup d'un soir, mais c'est comme ça et tant mieux.

Jacques

J'ai mis beaucoup de temps à lui en vouloir, à lui trouver quelque responsabilité dans cette aventure et ses conséquences. Quand il a été accusé par des actrices, au début de l'année 2024, de harcèlement sexuel ou de viol, j'ai immédiatement affirmé, car c'est la vérité, qu'il ne m'était rien arrivé de tel avec lui.

De manière plus personnelle, tout cela m'a déstabilisée et perturbée dans ma réflexion sur *La Vie de famille*. Ce film entrait soudain dans une zone grise, peu audible. J'ai eu la tentation de renoncer à écrire sur le sujet, me disant qu'il était peut-être insignifiant de se pencher sur un tournage vieux de quarante ans quand je n'avais même pas été victime de viol. En même temps, il y avait quelque chose à dire. Sur les enfants qui jouent dans les films, sur l'époque, sur l'usage souvent abusif que font les adultes du slogan « l'enfant est une personne ». Ainsi que sur Jacques.

À cette occasion, j'ai reçu des messages de journalistes (qui n'avaient pas vu le film) : ils voulaient avoir mon témoignage (avec l'espoir, tout professionnel, que j'aie pu être victime, moi aussi). J'ai refusé.

Mais j'ai trouvé mon propre refus ambivalent dans la mesure où il pouvait donner l'impression que je taisais, soutenais ou cachais quelque chose. Si je n'ai été ni agressée sexuellement ni violée, il y a bien eu malgré tout, dans cette histoire, de la violence, de la manipulation, ainsi qu'une forme d'ambiance incestueuse et sexuelle implicite dans le scénario du film comme dans ses dialogues et que l'on n'a pas voulu m'expliquer alors.

Suis-je ingrate ? J'ai quand même eu de la chance de faire ce film. Oui, totalement. Il me faut néanmoins cesser de croire que je « dois » quelque chose à Jacques. Je lui ai offert ma force, ma vitalité, et j'ai été ensuite, comme je l'ai dit, jetée. Un peu comme dans *Dark Crystal*, merveilleux film sorti en 1982, j'ai perdu mon éclat et mon énergie vitale pour un moment. J'ai aussi été lâchée.

Suis-je inélégante ? Je vais m'en tenir aux propos de Jacques lors de la sortie du film : « Sans connaître beaucoup Mara, je la regardais évoluer depuis longtemps, en me tenant à distance. C'était une évidence qu'un jour je lui tomberais dessus pour faire un film[33]. »

J'aime bien le côté Michel Fourniret de cette citation. Quand on lui demande pourquoi ce n'est pas sa propre fille qu'il a fait tourner, il répond qu'il a eu peur « que ce soit pour elle un effort trop grand ». C'est à ce moment qu'il plaisante sur les enfants des autres que l'on préfère abîmer.

Il dit par ailleurs :

> Mon premier travail avec un comédien, c'est de démolir ce qu'il a construit, de faire table rase, de le mettre à nu, de le déstabiliser. C'est à partir de là qu'on peut travailler, inventer, car la liberté est totale. Bien sûr, c'est angoissant pour un comédien[34].

Cela vaut uniquement pour les comédiens, cette méthode, ou aussi pour les petites filles de dix ans ?

Quand j'ai appris que la jeune actrice de *Ponette* avait été accompagnée par une psy, j'ai éprouvé de la jalousie. Elle était bien plus petite, certes. Moi, j'avais vu un médecin en coup de vent qui avait décrété que j'étais assez en forme physiquement pour jouer dans un film. Il n'y a pas eu de suivi par la suite. Rien. L'époque de *Ponette* était déjà un peu différente, le sujet aussi, mais j'en avais conclu que, à dix ans, je comptais moins que cette toute petite enfant. Que pour moi on ne s'était pas soucié des effets du tournage comme du film. Que je n'en avais pas valu la peine.

Rien

De Jacques, je n'attends absolument rien. Mais vraiment rien. Je ne l'accuse pas. Je ne le dénonce pas. Il ne peut qu'être sur la défensive aujourd'hui. Tout se joue désormais à l'ombre des avocats. Je ne sais rien que ne savent les autres. Quand j'ai fait mon entretien pour *Libération*, que j'y ai évoqué ma grande souffrance lors du tournage, il a tenu à répondre. En me renvoyant à mes déclarations passées ou présentes, sur Facebook. Comme si c'était la guerre.

Aujourd'hui, au regard des accusations qui sont portées contre lui, ce n'est plus moi qui suis dans une phase difficile, c'est lui. Mais, je le remarque quand même, il n'a pas un mot, pas une considération pour ma souffrance. Un « Je suis désolé qu'elle l'ait vécu comme ça » ruinerait-il son système de défense ? Oui, sans doute un peu, car les images du casting du film *CE2*, qui sont aujourd'hui entre les mains de la justice et dont on a beaucoup parlé en raison de leur violence psychologique, sont, d'après les descriptions précises qu'on a pu en avoir, accablantes : on insiste sur les souffrances vécues par des petites filles, on les oblige à en parler alors qu'elles supplient que l'on passe à autre chose. Il y a, de toute évidence, de telles similarités avec ce que j'ai vécu que c'est un terrain dangereux : une fascination sans considération, une observation sans attention, une écoute qui vise moins le dialogue que l'écriture de dialogues.

C'était en ce qui me concerne une autre époque, certes, mais cela reste d'actualité. La seule différence, c'est qu'en 1984 tout le monde ou presque trouvait cela formidable.

Je n'ai donc rien à dire de plus sur Jacques. Je trouve sa défense sinistre : qu'il proclame son innocence, c'est heureusement son droit. S'il est injustement accusé, c'est atroce. Mais qu'il ne cesse de faire passer ses accusatrices pour des jalouses, des ratées et des femmes vengeresses, c'est si stéréotypé, si vulgaire et si misogyne.

Désormais

Je suis désormais une femme de cinquante ans. En même temps, je suis encore cette petite fille de dix ans. Comme si quelque chose s'était bloqué à cette époque. Cela me rend parfois assez infantile, ce qui n'est pas toujours glorieux, mais me permet aussi d'être totalement en prise avec celle que j'étais alors. Je me souviens de tout. Plus que de tout autre événement ou toute autre période de ma vie.

Je suis par ailleurs professeure d'histoire, ce qui m'oblige, me donne un cadre et des règles. Je dois éviter les anachronismes, les jugements rétrospectifs ou les réécritures. Par honnêteté intellectuelle, certes, mais aussi parce que ce serait dégradant pour moi de me laisser aller à la bouillie intellectuelle, à l'à-peu-près.

Par tempérament, je déteste plaquer des concepts vagues ou à la mode sur ce que je vis. Je ne parle pas d'emprise ni d'abus de pouvoir. Même maltraitance, que j'ai pourtant employé au début de cet ouvrage, j'ai du mal. J'ai une pudeur. Et toujours cette force qui me dit que ce mot ne me correspond pas. J'ai aussi le souci de la bonne humeur, je suis prête à tout sacrifier pour une bonne vanne. Même ce que j'ai vécu enfant ? Même la Mara de dix ans ? Je me demande.

Dans le livre *Jeune fille*, j'aime beaucoup le ton qu'Anne Wiazemsky, emploie. Elle raconte son tournage avec Robert Bresson alors qu'elle était toute jeune, dans les années 1960, Bresson qui la séquestre, lui fait du chantage sentimental, tente de l'embrasser. Mais qu'elle aime bien, malgré tout.

Elle n'a pas été violée. Elle a eu la chance de pouvoir se défendre. Cela ressemble à ce que d'autres actrices ont pu vivre, mais de manière, du moins dans le livre, plus romanesque et pas criminelle (même si…). Le calme, la franchise, la tempérance avec lesquels elle décrit ce moment de sa vie ne transforment pas son roman en pamphlet ni en acte d'accusation. Et puis Bresson était mort quand elle l'a écrit. Il n'empêche que c'est totalement accablant pour cet homme. Il n'est plus question de crime, de justice, d'avocat ni même de diffamation. Mais le portrait, aussi amical et attendri soit-il, est ravageur.

Voilà. Je ne demande donc absolument rien. Je souhaite juste reprendre la main, avec le plus d'honnêteté possible.

Mon père

En vouloir à mon père est bien plus compliqué. Je l'adore et il est gravement malade. Je ne lui reproche pas d'avoir été dur avec moi. Son exigence m'a beaucoup apporté, aussi. Toute ma vie. Ce qui l'accable, c'est qu'il a été un peu nul et pas mal lâche. Non seulement il n'a pas pris mon parti, mais il m'a laissée en rase campagne, sans tenir compte de ma souffrance. Il me fait penser au père dans *Snow Therapy*, qui s'enfuit et abandonne sa famille pendant une avalanche, ce qui révèle chez lui une facette inattendue. J'ai eu de la chance de comprendre excessivement tard que c'était ça, précisément, que je pouvais lui reprocher. Avant, il n'était pas malade, j'étais plus jeune et je n'étais sans doute pas prête. Je le suis désormais ; lui ne l'est plus.

L'imaginer lâche ou tout simplement complaisant avec Jacques me fait mal. Autant je pourrais assumer le fait qu'il soit un salaud, un méchant ou une brute, autant comprendre qu'il s'agissait là de faiblesse de caractère me plonge dans une tristesse sans fin. Je tente de l'excuser en me disant qu'il avait seulement trente-quatre ans. Je ne crois pas un instant qu'il m'ait sacrifiée pour sa carrière – très belle – de scénariste. Je pense plutôt qu'il a suivi son pote dans ses délires tortueux-snobs. Quand je relis le scénario, ça ne lui ressemble pas. C'est bourré de répliques misogynes, narcissiques, prétentieuses, précieuses qui sont indignes de qui il était. Le père joué par Sami Frey, c'était tout ce qu'il méprisait : il en a fait un homme prétendument intéressant et séduisant.

Qu'est-ce qui lui a pris de me jeter dans cette histoire, comme ça, sans prévenir, sans m'expliquer ni même juger ? Pourquoi n'a-t-il pas été soulagé que sa fille se révolte ? Peut-être parce que ce courage, cette force, il ne les a pas eus, lui. En cela, il me rappelle aussi ce roman que nous vénérons tous les deux, *Le Maire de Casterbrige*, de Thomas Hardy : un ouvrier ivre vend sa femme au plus offrant. Et regrette.

Mon père n'était pas sous l'emprise de l'alcool, mais de la lâcheté. Il a été grégaire. Je rajoute un peu de latin pour lui faire plaisir. Et surtout pour mettre en valeur le terme « grégaire ». Quand j'étais au lycée et que je faisais ma lycéenne, il m'accusait toujours de l'être ; c'était même un soupçon infamant. Ça doit être de famille, donc.

Je raconte tout cela avec une apparente légèreté, mais ça me déchire le cœur. Mon père ne peut plus répondre et, à propos de courage, je ne suis pas certaine que j'aurais osé écrire ces lignes s'il n'avait pas été malade. En même temps, il a écrit une interview à ma place (oui, en 1985, il y a prescription) : peut-être que le moment est venu d'affirmer mon propre point de vue.

Lors de ce tournage, j'ai donc pleuré pour de vrai, mais j'ai eu des genouillères quand il a fallu être jetée par terre. J'ai été plongée dans un désarroi total, mais j'ai visité Madrid et découvert quantité de choses. J'ai été manipulée, mais j'ai résisté et j'en suis fière. J'ai été piratée. J'ai souffert physiquement et moralement.

Alors qu'il était déjà très atteint par la maladie d'Alzheimer, je nous revois ensemble, lui et moi, discutant. Soudain, mon père me demande de but en blanc quel souvenir je conserve du tournage. Plus de trente ans après. Je bafouille. Puis il s'excuse.

Il est désolé de ce que j'ai vécu. Mon père s'excuser, c'est peu imaginable. Et pourtant, c'est vrai. Cela m'a-t-il fait du bien sur le moment ? Non, j'y ai vu quelque chose de crépusculaire. Il me demandait pardon avant de ne plus être en mesure de le faire. J'ai eu le cœur brisé.

Il y a, enfin, autre chose qui me plonge dans un chagrin infini. Ce n'est qu'une hypothèse. Et si mon père était, lui aussi, victime de cette entreprise ? Un metteur en scène à l'autorité incontestable lui demande de sacrifier sa fille. Ou la sacrifie devant lui. Mon père est dans une impasse. Il ne sait comment réagir. Pour quantité de raisons, il laisse faire : sous ses yeux, sa fille qu'il aime et qui l'aime souffre, se débat. Il a le choix : collaborer ou s'insurger. Il collabore.

Parfois, je me demande si mon père, la relation que j'entretenais avec lui, si belle et aimante, n'étaient pas la cible d'une entreprise tordue et envieuse. Si martyriser un homme brillant et tellement proche de son enfant ne faisait pas partie d'un dessein, conscient ou inconscient, totalement immonde. Deux hommes dont les filles aînées (et cadettes aussi) ont le même âge. Une rivalité. Et mon père en idiot utile, quand il est si intelligent, d'un projet pervers.

Ce n'est qu'une hypothèse. Dont la pertinence ne me semble pas totalement douteuse. À moins que ce soit là, chez moi, le signe d'une ultime tentative pour sauver mon père que j'aime tant.

L'époque

Et si c'était la faute de l'époque ? S'il y avait une responsabilité collective ?

Ce genre d'argument a bon dos ; il a un côté « il était antisémite mais à l'époque tout le monde l'était » (ouf, j'ai failli terminer ce texte sans passer par le point Godwin).

En même temps, me replonger dans les critiques m'a permis de voir à quel point on était alors dans un monde différent. La rupture est récente. Il a fallu #MeToo et le courage de bien des actrices pour que l'on prenne enfin collectivement conscience du sort réservé non seulement aux jeunes acteurs, mais aussi aux enfants dans le monde du cinéma. Il était difficile d'y voir clair. Comment comprendre que le point de vue des enfants puisse être glorifié sans être pour autant réellement considéré ?

Est-il aujourd'hui davantage pris en compte ? Depuis des années, lors des réunions parents-profs, je rencontre quantité de parents qui ne parlent que d'eux, de l'élève qu'ils furent, de ce qu'ils voudraient pour leur enfant, sans que celui-ci soit jamais évoqué pour lui-même. J'ai aussi rencontré quelques collègues incapables de se mettre à la place d'un élève. Je crois qu'il est plus qu'urgent de se pencher sur ce que les enfants voient, sur la manière dont ils le ressentent et le vivent.

La plupart du temps, en effet, la fascination pour l'enfance se fait au détriment de l'enfant, au risque d'une certaine mièvrerie égoïste qui trahit ce qu'il y a de plus authentique dans le mouvement même où elle prétend le magnifier.

Cela nous ramène au kitsch ainsi défini par Milan Kundera : « Le besoin de se regarder dans le miroir du mensonge embellissant et de s'y reconnaître avec une satisfaction émue. » Certains aiment se voir émerveillés par l'enfance, se trouvent grandis par cette attention si délicate. L'effet pervers de cette posture narcissique, c'est qu'elle finit par substituer à l'enfant le regard que l'on dépose sur lui ; un regard auquel, finalement, on lui intime de se soumettre. On finit donc par être le juge et la règle de ce que l'on a feint de considérer comme inaliénable et natif chez les plus petits. L'individualité du jeune est alors niée au profit de sa prétendue capacité à évoquer l'enfance.

En somme, dans ces conditions, les libérateurs autoproclamés de l'enfance se révèlent n'en être que les conquérants.

C'est précisément ce que j'ai vécu lors du tournage. J'ai été choisie pour ce rôle sans doute en raison de ma vitalité et de ma spontanéité, deux traits de caractère qui bien souvent fascinent les adultes. Mais quand celles-ci se sont exprimées, elles sont entrées en collision avec l'idée abstraite que Jacques et mon père s'en faisaient. Ils m'intimaient d'avoir une authenticité conforme à leurs projets, qui se soumette à leurs règles. On cite souvent, chez Spinoza, le « concept de chien » qui n'aboie pas. Le « concept de petite fille » n'est pas non plus censé le faire. Et pourtant, j'ai aboyé, échappant ainsi à la mise sous cloche qu'ils m'imposaient. Car j'étais vivante, j'avais dix ans et j'étais ainsi faite.

L'entreprise entomologique ayant échoué, ils sont passés à la vivisection ; laissons-la faire, observons et faisons des tests à vif. Incisons, provoquons et n'en perdons pas une miette. Dès lors, toutes mes réactions ont été exploitées, récupérées au bénéfice de leurs propres intentions. Ce qui ne les a pas empêchés de me couvrir de reproches : j'étais un caillou dans leurs chaussures artistiques. Un caillou moche ou une pierre précieuse, selon la perspective adoptée.

Dans le fond, il y avait comme une logique coloniale dans cette affaire. Le pays est beau, exotique, fascinant. On le conquiert par sens du profit mais au nom de grandes valeurs. On le maltraite, on l'envahit, on massacre sa population, puis on se targue de tout ce qu'on a pu lui apporter (routes, hôpitaux, école).

La petite fille est aussi un territoire sauvage et vierge. Exotique à sa manière. Fascinant. Alors, pour « son bien » et le bien de la civilisation, on la pille, on la brutalise. Puis on lui ordonne de contempler la mainmise qu'on lui a fait subir. Elle a beaucoup pleuré, mais n'est-elle pas plus belle, ainsi, à l'écran, sublimée par le metteur en scène ? Les critiques de cinéma partageront cette conviction.

On pourrait aussi voir, dans cette histoire, la « maladie infantile » des pères modernes. Tout en se félicitant de reconnaître enfin l'enfant comme une personne, ils ont le plus grand mal à supporter qu'il soit un individu. Ils veulent que tout change, sauf eux. Ce sont des despotes éclairés qui, paradoxalement, maintiennent leurs enfants dans l'ombre.

Un film fondateur ?

Depuis ce tournage, il y a quelques fils de cette pelote confuse que je continue de dérouler. Il y a celui de la bonne distance, j'en ai déjà parlé. Je crois que ces lignes que j'écris font partie de cette quête de justesse.

Autre thème qui ne me quitte pas, celui de la force des enfants. *Les Habits neufs de l'empereur*, d'Andersen, dans lequel un petit garçon révèle au grand jour ce qui est tu de tous, est une référence fondamentale pour moi. Il y a aussi *Pelléas et Mélisande*, dont j'ai parlé plus haut. Ou la petite Maisie de Henry James que j'aime tant, qui ne me quitte pas depuis que j'ai quatorze ans : j'ai lu ce livre sur les conseils de ma professeure de français, en 3e, qui pensait que ce livre me plairait.

Il y a vingt-cinq ans, dans un cadre universitaire, j'ai écrit un court mémoire sur trois petites filles de fiction : Cosette, Alice et Zazie. Ce sont des enfants qui luttent, traversent des forêts, des miroirs ou Paris. Des trois, je pense que c'est Zazie qui m'émeut le plus, que je comprends le mieux.

Je conserve donc quelque chose de fort de ce tournage. Je ne le crois pas initiatique, ce serait trop parfait. Mais des bouts de moi-même se sont alors cristallisés. Au point que cela me demande beaucoup d'efforts de prendre de la distance avec celle que je fus alors.

D'ailleurs, je suis toujours au collège aujourd'hui. Comme en septembre 1984. Au lendemain du tournage, je m'y suis réfugiée. Après des débuts austères d'enseignante hussarde vêtue de noir, j'ai accepté d'être plus souple, plus authentique. Plus les années passent, plus certains de mes cours ressemblent à des numéros de stand-up. J'éprouve, dans ces moments-là, le bonheur de transmettre et l'immense joie de faire rire. Je ne regrette jamais de ne pas être devenue actrice, mais, je crois, j'aurais bien aimé être humoriste. Je retrouve en cours, quand je suis en forme, cette énergie qui était la mienne avant le tournage, cette force. Selon l'humeur des élèves, je la laisse plus ou moins s'exprimer. Lorsqu'elle est là, je me sens bien.

La salle de classe, c'est un lieu magnifique, tragique et comique, dont je suis à la fois la metteuse en scène et l'actrice principale, bien que mes élèves aient aussi des premiers rôles et bousculent à l'envi mes indications scéniques. Dans cette salle, il n'y a rien de tortueux, rien d'écrit à l'avance, même pas mes cours. Dans cette salle, on joue et chaque enfant est écouté, préservé et respecté. Les confusions, les ambiguïtés ne sont pas admises. Dans cette salle, j'ai une vitalité que je n'avais plus quand je suis entrée, jadis, en 6e.

Signature des parents

Je conserve avec un soin précieux le petit scénario bleu qui était le mien sur le tournage. Il est plein d'annotations : on y retrouve mon écriture, celle de mon père ainsi que celle de Jacques. Il y a des numéros de téléphone, des notes. Mais aussi un « SIGNATURE DES PARENTS » tamponné.

Quelqu'un avait dû s'amuser avec le tampon encreur de l'institutrice lors de la scène de l'école, au début du film.

Quatre décennies plus tard, je m'aperçois que le « livret » n'a toujours pas été signé. La professeure que je suis voit cela d'un mauvais œil. Mes parents avaient pourtant donné leur accord, mon père a coécrit le scénario et a été présent tout le tournage. Ce vide, cette non-signature m'apparaît comme un signe. C'est une forme de vacance des adultes. De tous les adultes.

Tel est mon souvenir. Mon souvenir de vacance.

Notes

J'ai, dans la mesure du possible, recherché la provenance des diverses coupures de presse qui sont en ma possession. Pour certaines, faute d'indications précises, je n'ai pu retrouver la source. Si des erreurs d'attribution sont donc possibles, toutes les citations sont authentiques.

1. Jacques Doillon, *Télé 7 jours*, février 1985.
2. Jacques Doillon, *La Revue du cinéma*, février 1985.
3. *Libération*, 27 avril 2024.
4. Emmanuel est ainsi nommé dans le scénario.
5. *Ça va mieux, ton père ?*, Stock, 2018.
6. Alain Philippon, *Les Cahiers du cinéma*, 1985.
7. *La Revue du cinéma*, n° 402, février 1985.
8. Extrait du dossier de presse.
9. Interview de Jacques Doillon et de Jean-François Goyet par Philippe Le Guay et Jérôme Tonnerre, *Le Cinématographe*, mars 1985.
10. Pierre Leonforte (source non retrouvée).
11. Dominique Jamet, « L'art d'être père », *Le Quotidien de Paris*, 1985.
12. Marie-Françoise Leclère, *Le Point*, 1985.
13. *Le Cinématographe*, mars 1985.
14. Propos recueillis par Catherine Taconet, *Cinéma*.
15. Source non retrouvée.
16. Source non retrouvée.
17. *Le Cinématographe*, 1985.
18. *Le Point*, 1985.
19. Marie-Claude Fondanaux, *Télé 7 jours*, 1985.
20. Source non retrouvée.

21. Michel Coulombes, « L'homme qui ne pleure pas… *La Vie de famille* », *Ciné-Bulles*, vol. 5, n° 2, novembre 1985, janvier 1986.

22. Jacques Doillon, *Le Film français*, 18 janvier 1985.

23. *VSD*, 1985.

24. Catherine Taconet, *Cinéma*, 1985.

25. Jeanine Baron, *La Croix,* 1985.

26. *La Revue du cinéma*, 1985.

27. Jean-Pierre Lavoignat, *Première*, 1985.

28. Propos recueillis par Anne de Gasperi, *Le Quotidien de Paris*, 1985.

29. Jean-Paul Clergeot, *Études*, avril 1985.

30. Extrait du dossier de presse.

31. Benoît Heimermann, *Le Matin de Paris*, 1985.

32. John Updike, *La Vie de famille en Amérique*, in *La Concubine de Saint Augustin et autres nouvelles*, Gallimard, 1981.

33. Martine de Rabaudy, *Télé 7 jours*, 1985.

34. Jacques Doillon, *Le Film français*, 1985. Dans l'article, le verbe « démolir » est écrit fautivement « démollir ». Est-ce un lapsus ?

Table des matières

Imprimé en France par
CPI Firmin-Didot
en septembre 2024

Composition et mise en pages
par Facompo Lisieux

#lisez! engagé
www.lisez.com
Pour plus d'information :
Imprimé sur du papier issu de forêts gérées durablement.

N° d'édition : 67487/01 – N° d'impression : 181124